Si me dejas me mato

SILVIA NÚÑEZ DEL ARCO

Si me dejas me mato

Obra editada en colaboración con Editorial Planeta – Perú

© 2022, Silvia Núñez del Arco

© 2022, Editorial Planeta Perú S. A. – Lima, Perú

Derechos reservados

© 2022, Editorial Planeta Mexicana, S.A. de C.V.
Bajo el sello editorial CROSSBOOKS M.R.
Avenida Presidente Masarik núm. 111,
Piso 2, Polanco V Sección, Miguel Hidalgo
C.P. 11560, Ciudad de México
www.planetadelibros.com.mx

Corrección de estilo: Adolfo Alarcon Campos
Diseño de portada: Departamento de Arte y Diseño de Editorial Planeta Perú
Diseño de interiores: Susana Tejada López

Primera edición impresa en Perú: marzo de 2022
ISBN: 978-612-4414-07-7

Primera edición impresa en México: octubre de 2022
ISBN: 978-607-07-9242-7

Impreso en los talleres de Impregráfica Digital, S.A. de C.V.
Av. Coyoacán 100-D, Valle Norte, Benito Juárez
Ciudad De Mexico, C.P. 03103
Impreso en México –*Printed in Mexico*

And let me crawl inside your veins
I'll build a wall, give you a ball and chain
It's not like me to be so mean
You're all I wanted
Just let me hold you like a hostage

hostage – Billie Eilish

El chico de moda

1

Todo empezó con unas clases de surf. Era el segundo verano que llevaba clases de tabla. El primer año me matriculé con una amiga. El siguiente verano ella no se animó a continuar, así que decidí seguir las clases sola.

En mi grupo éramos unos quince chicos y chicas, todos entre doce y catorce años. Nos dividían por edades. Los profesores eran siempre los mismos. Se llamaban Niels y Andrés. Eran guapos, en sus veintes, con unos cuerpos increíbles. Yo tenía catorce años y era una niña para ciertas cosas, pero no para dejar de mirarlos. Me gustaba mirar sus cuerpos, las líneas de los abdominales que se perdían en el short de la ropa de baño, muchas veces sin un calzoncillo debajo. Andrés estaba un poco loco. Le gustaba hacer volantines en el aire, asustar de broma a las chicas, hacer voces divertidas, impresionarlas con trucos de tabla. Era muy guapo, pero para mí era difícil seguirle el ritmo, distinguir si se estaba riendo conmigo o de mí. Niels era más tranquilo. Era dos años mayor que Andrés, tenía veintidós.

A mí me gustaba Niels, pese a que era bastante mayor que yo. Me gustaba, no sé por qué. Era menos guapo que Andrés, pero en cierta forma más adulto. Aunque no daba la impresión de ser una persona demasiado seria. Tenía el pelo castaño y los ojos despiertos, con ese bronceado de quien se pasa el año entero corriendo olas, incluso en invierno. Nunca sentí que me mirara de una manera romántica o sexual. Creo que me veía como a una niña, o quizás no tenía idea de que a mí me gustaba, o quizás yo no le interesaba, punto. No sé si llegué a enamorarme de él, creo que no; lo que sí es cierto es que me pasaba el día pensando en él. Y ese primer verano que llevé las clases de tabla, me fui un poco triste del desayuno de despedida.

Me fui triste pensando en que ya comenzaba el colegio, queriendo que el año escolar terminase rápido para volver a verlo el próximo verano. A veces me torturaba pensando en qué pasaría si el siguiente año yo volvía a clases de tabla y él no estaba. Alguna vez escribí un poema pensando en él. Qué triste mi vida. Enamorarme o engancharme así con alguien con quien no había cruzado más de cuatro palabras, a quien solo había visto dos veces por semana durante tres meses y no había dado señales de interés en mí.

El siguiente verano volví a las clases. Ahora ya no estaba Andrés. Estaba solo Niels. En la segunda clase lo escuché decir que pronto se incorporaría un instructor nuevo. Su nombre era Matías. No me pregunté si el nuevo instructor sería tan guapo como Andrés, ni siquiera me imaginé que terminaría gustándome más que el mismísimo Niels. Estaba caminando con mi amiga Macarena por el club, rumbo a la «playa tres», porque mis clases estaban por comenzar, cuando un chico que no había visto antes pasó corriendo a nuestro lado sin camiseta. No nos saludó, no nos presentaron. Pero lo vi y supe que era el nuevo instructor de surf. Mi amiga me hizo notar que cada músculo de su espalda se marcaba cuando corría. Creo que su intención era justamente esa, usar su cuerpo para llamar nuestra atención. Y lo logró. No solo por su cuerpo, también por su forma de ser. Apenas comenzó la clase, se me acercó y me habló como si nos conociéramos de hacía años, como si no estuviera particularmente intimidado ni impresionado por mi presencia. A veces ocurría eso, que yo podía notar el nerviosismo de algunos chicos al hablarme, podía darme cuenta de si les gustaba, o si estaban inseguros de sí mismos. Con Matías no fue así. Y eso fue lo primero que me gustó de él, porque supongo que sentí que tenía que conquistarlo. Su exceso de confianza en sí mismo me pareció un reto y también una característica envidiable de su personalidad. No era particularmente guapo. Tenía el pelo ondulado, castaño oscuro, con algunos tonos más claros por el sol y el mar. La mirada intensa, las pestañas rizadas, los ojos marrones. Un lunar pequeño al lado de la nariz, las manos perfectas, la cintura estrecha, los abdominales marcados.

Él tenía dieciocho y yo catorce. A esa edad, unas de las pocas cosas que yo sabía sobre mí era que tendía a depender emocionalmente de la gente a la que quería. Y yo empezaba a querer a alguien cuando, de una manera o de otra, esa persona no estaba disponible para mí. No sé si esa conducta tenía una explicación psicológica, probablemente sí. Lo que sí sabía era que yo siempre había sido así, desde muy niña. La primera vez que lo noté, o que me lo hicieron notar, fue con una amiga en segundo grado. Era mi mejor amiga. Era muy inteligente, pero muy distraída. A veces ocurría que nos metíamos a las duchas del club por separado y un rato después yo ya estaba cambiada y ella todavía no se había pasado el jabón, porque se quedaba parada bajo el chorro de agua tibia, con la mente en otra parte. Entonces yo, desde afuera de la ducha, la ayudaba a ponerse el champú en la cabeza, le hacía acordar de tomar su pastilla para la concentración, le preguntaba si no estaba olvidando nada en el camerino. Yo tenía ocho años, igual que ella. Pero ella era distraída en extremo y yo no, y yo hacía el papel de madre precoz, de hermana mayor sin que nadie me lo pidiera. En el colegio hacía lo mismo con las tareas y trabajos. Tan pendiente estuve de ella, que las profesoras llamaron a mi madre; aparentemente les preocupaba que a tan corta edad tuviera esa relación maternal con ella. Mis relaciones de afecto estaban basadas en esa premisa: si te quiero, voy a cuidar de ti.

Esa tarde en la clase de tabla ocurrieron dos cosas. La primera, mi mirada giró de Niels a Matías sin que yo misma fuera consciente de lo que me estaba pasado. La segunda, al terminar la clase pisé una avispa. El aguijón se me quedó clavado en el pie. Cuando todos se habían ido a vestir, me quedé sentada en el muro que dividía la zona de parqueo y la playa, con el *wetsuit* hasta la cintura, con una pierna cruzada, la planta del pie hacia arriba y mis dedos tratando de sacar el maldito aguijón. Matías se me acercó y me preguntó qué me había pasado. Le dije que había pisado una avispa. Mi respuesta no pareció alarmarlo o preocuparlo. «¿Eres alérgica al polen?», me preguntó. Le dije que no sabía. «Vas a estar bien», me dijo y siguió caminando, y yo me quedé ahí sentada, con el aguijón todavía adentro de mí.

2

El padre de Matías había fallecido cuando él tenía nueve años. Fue una de las primeras cosas importantes que supe sobre su vida. Me lo dijo una tarde, mientras caminábamos por el club, en un tono de voz despreocupado, como quien cuenta algo que ya tiene superado. No me dejó ver, o escondió muy bien, que esa era su más grande herida; la misma que sería luego la causa de nuestras peores peleas. Me contó también que vivía con su madre y su hermano, tres años menor que él. No le pregunté de qué había muerto su padre. Me pareció imprudente, porque no sabía si le gustaba hablar del tema. Aunque la confianza en sí mismo que proyectaba me hacía pensar que no se iba a incomodar ni ofender si se lo preguntaba.

Fue con esa misma seguridad que solo él parecía tener que un día me dijo para almorzar juntos antes de que empezara la clase. Sería exagerado decir que fue un almuerzo formal, porque en realidad solo sacamos un sándwich y una gaseosa cada uno del quiosco del club, y comimos sentados en un muro que bordeaba la playa, mirando el mar, con los pies llenos de arena. Ese día me sentí especial. De todas las chicas lindas que él conocía, que no eran pocas, había elegido ir a almorzar conmigo. Desde que lo conocí, me había resultado inalcanzable. Y ese

15

almuerzo me hizo sentir que un poquito de interés debía tener en mí. Me enganché con él. Me olvidé por completo de Niels, que también seguía siendo mi profesor.

Los días más felices eran aquellos en los que tenía clases de tabla. La emoción de qué pasaría ese día con él me mantenía interesada. Me preguntaba si me iba a contar algo más de su vida, si volveríamos a almorzar juntos. Empecé a esperarlo cada mañana al llegar al club. Yo llegaba a eso de las nueve de la mañana, me sentaba en la «playa tres» a mirar el mar. En realidad, estaba esperando a ver si él aparecía, a ver si lo veía, aunque fuera de lejos.

El club tenía tres playas, o tres salidas a la playa. La «playa uno» era la más tranquila, donde iban las señoras y señores mayores a tomar sol, de donde salían algunas pequeñas embarcaciones. La «playa dos» era un poco más familiar, iban mamás con sus hijos pequeños a bañarse en la orilla. Ahí también se reunía el grupo de los chicos *cool* del club. A ese grupo pertenecía Andrés y luego supe que Matías también (Niels no, porque era algo mayor que ellos).

Mis clases eran por la tarde, pero yo desde la mañana estaba pendiente de verlo llegar, sin que se notara, por supuesto. A veces pasaba frente a la «playa dos» a ver si estaba ahí. Habíamos salido a almorzar esa vez, pero ya habían pasado dos semanas y no se había repetido el almuerzo. Cuando me lo cruzaba, tenía la esperanza de que me dijera para ir al quiosco juntos, pero no me decía nada. Me saludaba con entusiasmo y me decía que nos veríamos luego. Yo solo quería estar con él, saber de él, hablar con él. Aunque no siempre la conversación fluyera, aunque no siempre me diera toda su atención, porque, claro, él, siendo el chico popular que era, se detenía a cada ratito a saludar a alguien, hombre o mujer, joven o adulto. Todo el puto club lo conocía.

¿Por qué me enganché así con él? No lo sé. Pero no podía ser una buena señal. Y yo era muy chica para darme cuenta.

Había detenido mi vida para girar alrededor de él, esperando que se fijara en mí. Esperar. Ese es el verbo que mejor define mis obsesiones. Esperar a que me llamen, a que me busquen, a que me den ese abrazo, ese beso. Hacer todo lo posible por llamar la atención de esa persona, que note mi presencia, que me mire. Y lo malo de vivir esperando la siguiente clase, la siguiente vez que iba a verlo, era que las semanas pasaban rápido. Ya febrero estaba por terminarse y yo solo había ido a almorzar con él una vez. ¿Cómo iba a hacer para verlo cuando acabara el verano? Me angustiaba pensar en eso. Pero luego me decía «tranquila, un día a la vez, ya se irá viendo».

Un viernes por la noche hubo una fiesta en el club. Yo fui con mi amiga Macarena. Por supuesto, lo único que hice desde que llegué a la fiesta fue pensar en él, a qué hora iba a llegar, o si iba a llegar, porque no tenía ninguna seguridad de que iba a aparecerse —aunque algunos de sus amigos estaban ahí, lo que me hacía pensar que sí, que era posible que llegara—. Por supuesto en mi mente el escenario ideal era verlo llegar, ver en sus ojos un deslumbramiento con lo linda que me había puesto para él, que me hablara un rato, llevando él la conversación, con esa elocuencia y facilidad de palabra que yo no tenía; que me sacara a bailar, me pidiera mi número para agregarme al WhatsApp y poder seguir hablando luego. Yo quería que nos hiciéramos más amigos, más cercanos, y así tener un motivo para seguir viéndonos en invierno. No estaba dispuesta a dejarlo ir. Lo quería para mí. Pero esta vez, a diferencia de lo que había hecho con antiguos afectos, no le conté a nadie que me gustaba Matías. Ni siquiera a mi amiga Macarena. No quería por ningún motivo que esa información se filtrara, que alguien nos hiciera una broma de que yo le gustaba. No quería que él lo supiera, porque veía que era un espíritu libre y no quería asustarlo ni alejarlo. Solo quería estar cerca de él y que la amistad siguiera fluyendo.

Ese día en la fiesta, me pasé la mitad de la noche confundiendo a Matías con otros chicos. Lo veía en cada esquina poco iluminada, lo veía bailando con otra, lo veía pidiendo una cerveza, lo veía conversando con amigos. Cada chico de pelo semilargo y ensortijado era él por unos segundos. Desilusión total. Pasada la medianoche, ya me estaba yendo cuando me lo crucé en medio de un tumulto de gente. Estaba serio, muy serio, más serio que de costumbre, porque él siempre estaba sonriendo. Saludó a mi amiga al paso, luego me saludó a mí. Siguió caminando. No sonrió, no se detuvo a hablarme.

Volví a mi casa con el corazón roto. Él había llegado tarde a la fiesta, a pesar de que yo le había dicho que iba a ir. Llegó tarde, a duras penas me saludó. Me ignoró por completo. No se deslumbró con la ropa que me había puesto para él. No bailamos, no conversamos, no me dio su celular para seguir hablando luego. «Ya fue, no le gusto», pensé.

3

Durante ese verano se puso de moda ir a un determinado centro comercial todos los martes por la noche. No había un plan específico, solo estar ahí, en el segundo piso del *mall*, al aire libre, conversando. Estaban quienes llevaban alcohol y bebían a escondidas, porque algunos eran menores de edad y además no estaba permitido hacerlo ahí. Yo no era de las que bebía, yo no bebía en general, no me gustaba el sabor del trago ni la idea de perder el control sobre mí. En el primer piso del *mall* había dos discotecas de moda. Eran pocos los afortunados que lograban entrar en ellas, porque era para mayores de dieciocho: la edad de Matías. Y muchas veces estaba un rato en el segundo piso del *mall* conversando con quienes se encontraba, y luego bajaba a alguna de las discotecas. Era poco el tiempo y pocas las veces que nos encontrábamos y conversábamos. Yo siempre iba con alguna de mis cinco amigas cercanas, porque no tenía un grupo grande de amigas como muchas de las chicas de mi edad, y por supuesto no conocía ni a la tercera parte de gente que Matías conocía. Las veces que más pude conversar con él, unos veinte minutos, no más, fueron al lado de mi amiga Macarena, que aparentemente era más elocuente que yo. Era más fácil cuando estaba ella, porque yo intervenía con comentarios, pero no tenía el control de la conversación.

No sé si Matías estaba realmente interesado en mí. Por lo menos no lo demostraba. Era amable, bromista, pero hasta ahí nomás.

Nunca me llegó a pedir mi número, pero me dio el suyo y me dijo «agrégame». Era lo que hasta ahora yo había querido, pero no logré emocionarme, porque en mi mente, en las expectativas que yo me había hecho, era él quien me agregaba a mí, y porque también le dijo lo mismo a mi amiga Macarena. Yo no tenía una sola señal, salvo el día que habíamos almorzado juntos, de que yo también le gustaba a él.

Recuerdo que tenía un mininfarto cada vez que veía que estaba en línea. Primero un subidón de ánimo, seguido de un ataque de ansiedad. ¿Me hablará? ¿Le hablo yo primero?, ¿y si le hablo y me chotea?, ¿y si piensa que soy una intensa? Algunas veces me hablaba, pero brevemente. Las conversaciones eran básicas, las típicas: qué tal, bien, ¿y tú?, bien también. Otras veces se desconectaba y era el bajón, la desilusión. No entendía cómo podía estar tan enganchada con un tipo que ni siquiera me había dado un beso. Sufría un poco, pero no se lo decía a nadie. Y lo peor era que mi mayor preocupación era completamente absurda: ¿cómo voy a hacer para verlo cuando se acabe el verano?

Nada tenía mucho sentido, pero lo cierto era que en mi mente ahora solo estaba él; ya había olvidado a Niels. Mis pensamientos eran él, él, él. ¿Estará conectado?, ¿me lo encontraré en el club esta tarde?, ¿qué estará haciendo hoy sábado por la noche?, ¿estará saliendo con alguien?, ¿habrá besado a alguien anoche?, y la peor y más quemante de todas: ¿le gusto?

Debí darme cuenta en ese momento de que no valía la pena sufrir ni pensar en él. Debí seguir con mi vida y no detenerme siquiera a mirarlo. Pero me enredé en su telaraña cuando pasó corriendo sin camiseta a mi lado, o quizás cuando me habló con absoluta naturalidad la tarde que pisé una avispa, o cuando me dijo para almorzar juntos a mí y no a alguna de esas chicas, muchas de las cuales eran más lindas que yo.

A veces pienso cómo hubiera sido si hubiese elegido de primer amor a uno de esos chicos que me trataban bonito y no escondían que me deseaban, que me querían, que estaban interesados en mí. Si Matías me hubiese dicho que le gustaba al poco tiempo de habernos conocido, no sé si me hubiese enamorado. No sé bien por qué, pero siempre me he sentido atraída por lo difícil; me ocurrió que quedé atrapada en ese laberinto de emociones que él proyectaba. Pero algo bueno de ese laberinto fue que a mediados del verano conocí a sus amigos, a los chicos *cool* de la «playa dos». No los conocí a todos, pero sí a la mayoría, y algunos siguen siendo mis amigos hasta el día de hoy. Mi amiga Macarena, por supuesto, estaba encantada con la situación, porque de pronto estaba rodeada de chicos guapos, uno de los cuales terminó siendo su novio por nueve años.

Yo no le decía a nadie que me gustaba Matías. La única de mis amigas que sabía que me gustaba era mi amiga Pía, confidente y casi hermana desde que teníamos tres años. Nos conocimos en el nido, fuimos al mismo colegio por un tiempo, porque luego mis padres decidieron cambiarme de colegio cuando tenía diez años, y aunque por épocas cada una tuviera a otra amiga más cercana, nunca se rompió ese lazo de confianza. Ella siempre fue como una hermana para mí. La persona que siempre me dijo las cosas con absoluta franqueza, según cómo las veía ella. Y fue ella quien entonces me dijo: «Matías no será tuyo, pero tampoco será de nadie más. Matías no es de nadie, es del viento que pasa». Y la verdad, en el fondo, creo que esa frase, en lugar de lograr que me olvidara de estar con él, porque creo que fue esa la intención, avivó aún más mis ganas de conquistarlo. Pero al mismo tiempo yo era muy niña como para pensar en tácticas de seducción. Entonces empecé a vivir el momento, porque no tenía el coraje o la locura de decirle de frente «me gustas» y arriesgarme a que me dijera que no. Yo tenía claro que no debía precipitarme ni saltar al vacío.

Quizás por eso, no de una manera consciente, preferí replegarme esa tarde en que fuimos con sus amigos a saltar por el muelle del club. Era un salto de tres metros, en la «playa uno», de donde salían las pequeñas embarcaciones. Estaba prohibido, pero algunos pocos valientes o rebeldes lo hacían. No había mayor peligro, porque el mar en ese punto era profundo, pero si saltabas en la dirección incorrecta, o si el impulso de una ola te arrastraba, podías terminar en las rocas que estaban pegadas al muelle. Había que saltar alto y lejos, sobre todo lejos de las piedras.

Esa tarde saltaron casi todos los chicos del grupo, algunos pocos se quedaron con nosotras. El primero en saltar fue Matías. Mi corazón dio un respingo cuando lo vi caer en el agua. Salió a flote en pocos segundos, hizo un movimiento con la cabeza para revolver su pelo mojado y sonrió extasiado. Estaba feliz. Parecía un chico feliz, sin preocupaciones, sin heridas. Tenía la personalidad que yo siempre había querido tener. Los chicos nos animaron a nosotras a saltar, pero nos negamos, riendo. Luego volvimos caminando en grupo a la «playa dos» y me senté con ellos en ese lugar donde solían quedarse conversando. En ese lugar que yo había visto muchas veces de lejos, cuando pasaba caminando. Había otras chicas, no nos presentaron, y ellas no hicieron preguntas sobre nosotras. Matías agarró uno de los pareos de las chicas y se lo amarró en la cabeza como hindú. Hacía ese tipo de cosas absurdas que todas encontrábamos graciosas. En un momento se sentó a mi lado, pero eso no significaba nada para mí, porque, así como se sentaba a mi lado, lo hacía al lado de cualquier otra chica, y rápidamente cambiaba de lugar. Nunca se quedaba mucho tiempo en un solo sitio, no conversaba largo con nadie. Cuando me tocó estar a su lado, le pregunté si sería profesor el año que venía, me dijo que no creía, que pensaba irse todo el siguiente verano a Colán, una playa al norte de Lima. Por supuesto la noticia me dio pánico, pero no hice ni dije nada. Lo tomé como quien recibe un golpe en el dedo pequeño del pie y trata de hacer como si nada hubiese pasado. En esos momentos daba la impresión de que nada podía atarlo.

Y así, con besos en la mejilla, miradas inocentes, conversaciones cortas y brisa de mar, se pasaban los días sin que pasara nada realmente. Todos los días eran la misma interacción infantil de siempre. A veces lo veía de lejos hacerles bromas a las chicas lindas. A veces se ponía a mi lado, mientras esperábamos una ola. A veces me animaba a correr una ola más grande. A veces caminaba a mi lado antes de clase. A veces se sentaba un rato a conversar, mientras fumaba después de clase. Él fumaba y yo lo miraba. Lo miraba como si él tuviera claro qué hacer con su vida, como si tuviera todas las respuestas a mis preguntas, como si solo él fuera capaz de rescatarme de una soledad que nunca había sentido hasta conocerlo. Y así llegó el último día de clases. Volví a sentir un vacío parecido al del año anterior, pero esta vez peor, mucho peor. Hicieron el bendito desayuno de despedida. Él llegó tarde, en sandalias y traje de baño. A duras penas hablamos. No se quedó mucho rato. Se fue diciendo que tenía que ir a no sé dónde, tan contento y animado como siempre. A mí se me borró la sonrisa cuando cruzó la puerta, tuve unas ganas repentinas de irme a mi casa. Esperé veinte minutos sin probar ni uno de los bocaditos de la mesa, pedí mi Taxi Seguro y me fui de ese lugar, desolada, pensando que no lo vería más.

No será tuyo

4

Salimos seis meses después. Me invitó a salir seis meses después. Me escribió para decirme si podíamos encontrarnos en un *mall* que estaba de moda.

Por supuesto no fue una invitación formal. Fue una cosa muy de último minuto. Estábamos chateando una noche, tuvimos una conversación un poco más larga que de costumbre, y como quien le dice a otra persona para seguir la conversación en otro lugar me preguntó si podíamos encontrarnos en un *mall*. Eran pasadas las nueve de la noche. Fui al cuarto de mis padres, pedí permiso para salir. Me dijeron que no. Rogué, lloré, me peleé con ellos, les dije que eran malos, porque no me dejaban hacer nada. «No son horas de salir», me dijo mi madre, echada en su cama al lado de mi padre, sin quitar la vista del televisor. Luego me dijo que él debió invitarme con más anticipación. Les confesé que este chico me gustaba desde hacía mucho tiempo, pero fue en vano. Tuve que volver derrotada a mi cuarto, a mi computadora, y decirle a Matías que mis padres no me dejaban salir. «Otro día», me contestó, aunque no parecía muy desilusionado. No me sorprendió, porque él rara vez mostraba sus sentimientos. El chico de mis sueños me había invitado a salir y yo le había dicho que no. Eso no podía quedar así.

Entonces fui yo quien decidió dar el siguiente paso. Una o dos semanas después lo invité a casa de mi amiga Pía con otro chico más. Todo en plan de una «reunión tranqui». Si bien él no conocía al otro chico, yo sabía que para él no era problema alguno socializar con otras personas. Sabía que no le resultaba incómodo, porque iba a encontrar la forma de brillar, de robarse mi atención, la de mi amiga y, por qué no, la del chico también.

Salimos dos o tres veces en grupo. En realidad, no salíamos: nos quedábamos en la casa de Pía conversando hasta tarde, o íbamos a la tienda que estaba a pocas cuadras a comprar cigarrillos y cosas ricas para comer. No tomábamos alcohol. Y en verdad el único que fumaba era Matías, quizás un poco el otro chico que nos acompañaba. Pero ya para entonces quedaba claro que lo suyo era llamar la atención. No siempre asistía a las reuniones, algunos fines de semana se excusaba diciendo que tenía una «reu» y que no podía ir. Y claro, no podíamos reclamarle nada porque nadie es de nadie, o al menos así tenemos que pensar para no sufrir o morir de la desesperación cuando la persona que te gusta no está ahí cuando tú quieres que esté.

Recuerdo perfectamente la vez que estábamos en la tienda de un grifo comprando galletas y piqueos pasada la medianoche, Pía y yo estábamos entretenidas viendo qué comprar cuando escuchamos que alguien gritaba desde afuera: «¡Coche bomba!», y luego un estallido. Giré la cabeza y vi a través de la mampara de vidrio de la tienda a Matías cayendo con ambos pies juntos sobre un globo inflable que había sacado de la tienda. Nos reímos. Nos reímos mucho. En ese momento nos pareció gracioso. Él era el gracioso, el *cool*, el distante, al que nada podía hacerlo enojar, sufrir, llorar. Él era el que siempre sonreía, el que siempre se estaba moviendo, el que saltaba de un tema a otro, el que no tenía tiempo para romanticismos. Hasta que un día, o una noche, me agarró la mano por debajo de una colcha. Estábamos en la terraza de la casa de mi amiga, cubiertos por un edredón que ella había traído de adentro de su casa, porque para entonces estábamos en pleno invierno. Fue en pleno invierno cuando él me sorprendió y me tomó de la mano y me enseñó un lado que no le conocía hasta entonces. Porque aparentemente sí tenía tiempo para romanticismos. Pero, así como me dio la mano, me la soltó a los dos minutos y luego hizo como si nada hubiese sucedido.

Entonces nuestras miradas hablaban solas y yo sabía que le gustaba. No sabía cuánto, no sabía si en serio, porque él no parecía ser la clase de chico que salía con una misma chica por mucho tiempo. «Matías no es ni será tuyo. Matías es del viento que pasa», mi mejor amiga me lo había dicho con absoluta certeza y yo le había creído.

Pero esa noche sus dedos buscando los míos habían dicho otra cosa. Y a mí, que hasta entonces no le había dado la mano a ningún chico, que a mis catorce años solo había besado a dos chicos sin lengua y sin ganas, era lo mejor que me había pasado. El primero me besó mientras patinábamos cuando yo tenía ocho años. Me llevó a una esquina y me dio el beso de telenovela, con una mano en mi cintura, mientras mi espalda se arqueaba, no sé si de presión o de impresión. Si bien no correspondí a ese beso, califica como el primero de todos. No sentí absolutamente nada más que sorpresa. El segundo beso fue a los doce años. Me di uno o dos piquitos con el medio hermano de mi primo, que no llegaba a ser mi primo, pero supongo que algo de incestuosa era la situación. Ocurrió jugando botella borracha con otra prima más. Me sentí tan mal que luego se lo conté todo a mi mamá, como si esa fuera una forma de confesarme ante Dios. Mi madre no le dio mucha importancia, no sé si porque me veía tan arrepentida o porque solo habían sido piquitos, besos sin lengua, de apenas un segundo.

Matías había sido el primer chico en darme la mano. Había sido tan natural y clandestino que por alguna razón se había sentido bien. Esa noche, cuando los chicos se fueron, no le conté a mi amiga Pía que él y yo nos habíamos dado la mano bajo el cubrecama.

5

A partir de entonces actuábamos como si fuésemos mejores amigos. Creo que en cierta forma lo éramos. Él era la sonrisa que yo buscaba todos los días. Me encantaba verlo siempre contento, de buen humor. Estar con él, o hablar con él, me hacía bien. Nunca me decía «hoy estoy triste, hoy estoy deprimido, hoy me siento mal». Todo con él era positivo, incluso las malas noticias no lo eran tanto con él, que pasaba la página de todo lo negativo como si no existiera, o como si le importara poco.

La primera vez que salimos solos fue a una fiesta de quince de una amiga del colegio. Yo lo invité como mi pareja. Tenía una invitación que decía «más uno»; entonces le dije, muy casualmente, si quería venir, por supuesto esperando a que quizás me dijera que no. Pero me dijo que sí y mis padres me llevaron a la fiesta, pero antes quedamos en pasar por él, porque su casa estaba de camino a la fiesta, que estaba lejos de la mía.

Por alguna razón tuvimos problemas en encontrar la casa y él me dijo por mensaje de texto que mejor nos encontrábamos en el cruce de dos calles. Mi padre no estaba de muy buen humor, creo que por todas las vueltas que habíamos dado en medio del tráfico para encontrar su casa. Finalmente lo vi caminar hacia el auto, sonriendo, como si no acabásemos de cruzar mensajes en los que podía parecer que discutíamos: «¿Dónde estás, exactamente?». Recuerdo el comentario de mi madre, mientras él se acercaba al auto, en medio del tráfico y las luces de los autos: «Ay, qué lindo, viene con su mejor sonrisa». Matías se subió al auto y saludó a mis padres con mucha naturalidad, como si los conociera desde hacía mucho tiempo. La fiesta era elegante y se suponía que las mujeres iban en vestido largo y los hombres en traje y corbata, y si bien yo tenía puesto un vestido rojo largo y sin mangas, él no había hecho mucho esfuerzo en verse elegante. Tenía el nudo de la corbata mal amarrado (decía que no sabía cómo hacerlo, porque su papá no había llegado a enseñárselo), una correa con los colores rasta y zapatillas de montar *skate*. Su *look*, lejos de molestarme o incomodarme, me pareció divertido y diferente, aunque él no fuera el único chico que se negara a verse demasiado formal. Yo sabía que se vestía así para las fiestas de quince, porque él me lo había contado muy orgulloso. Mis padres nos dejaron en la fiesta y se fueron, supongo que aliviados porque el tráfico hasta la fiesta había sido cruel.

No exagero si digo que impresioné a media fiesta con mi invitado sorpresa, porque Matías era *cool*, divertido, guapo, y era cuatro años mayor que el promedio de la fiesta, lo cual lo hacía admirado o respetado. Y yo estaba encantada con todo eso. Bailamos toda la noche, él tomó un par de cervezas, yo no tomé nada. En un momento caminamos tomados de la mano, pero fue tan casual que la situación no se sintió romántica en absoluto. Parecíamos amigos, a esa edad en que los abrazos y besos en la mejilla podían pasar como gestos de amistad.

Él era todo lo que yo quería. Era todo lo que buscaba en un hombre, porque era la primera vez que buscaba a uno. No parecía tener miedo a ser distinto. Parecía tener muy claro quién era y qué quería de la vida, parecía tan seguro de sí mismo… Y yo me creí todo el cuento de hadas, la historia de una vida feliz que no era tal cosa, y que solo descubrí la primera vez que fui a su casa.

Íbamos a ir a la *kermesse* de su colegio. Él ya estaba en la universidad, pero en esa época estaba de moda que los exalumnos y la gente *cool* asistieran a la *kermesse* de determinados colegios. Cuando íbamos a salir, me dijo para parar antes en su casa porque había dejado olvidado su celular. Él venía de correr olas, pasó a buscarme y nos subimos a un taxi de la calle rumbo a su casa. La fiesta nos quedaba cerca de donde vivía él. Yo no tenía miedo de que fuera una movida para besarme o llevarme a la cama. Confiaba demasiado en su aire relajado, incluso infantil a ratos. Paramos en su casa. Tenía dos pisos, no era moderna, pero tampoco vieja. Cruzamos la puerta principal, lo vi subir unas escaleras de madera a toda velocidad, mientras me decía: «Sube, si quieres». Fui detrás de él. Entramos a su cuarto, vi una cama con un cubrecama azul a rayas, mucha ropa revuelta encima, la puerta del clóset abierta, un mueble de madera con una computadora y un perro schnauzer que vino a saludarme efusivamente apenas puse un pie en el cuarto. Él tomó su celular deprisa y, cuando estábamos por salir, nos encontramos en la puerta con una señora vestida con una bata blanca y el rostro desencajado. Era su madre. Había lágrimas en sus mejillas y su cara estaba hinchada de tanto llorar. Él le dio un beso en la mejilla con cariño. Me presentó en tono amigable, como si nada raro estuviera pasando. Su madre me saludó con voz cariñosa y de agotamiento al mismo tiempo. Me acerqué y le di un beso. La situación, lejos de asustarme, me hizo sentir en casa. Porque yo también había visto a mi madre así: triste, devastada, por haber discutido con mi padre, o por motivos que, a mi corta edad, no me resultaban tan comprensibles. La madre de Matías me empezó a hablar de lo cansada que estaba y de lo poco que sus hijos la ayudaban. «No sé si Matías te contó, pero yo perdí a mi esposo y tengo que mantener esta casa sola», me dijo. Y siguió hablándome como si ya nos conociéramos desde mucho antes, como si no le importara causar una primera buena impresión, como si encontrarse conmigo hubiese sido la excusa perfecta para empezar a decir todo lo que estaba dentro de ella. Hablaba con algo de dificultad, no sé si por extremo cansancio o porque había tomado ansiolíticos o pastillas para dormir. «Tenemos que irnos, mamita», le dijo Matías, dándole un beso en la mejilla. Su madre hizo un gesto de fastidio, como si le hubiese molestado el acercamiento, como si guardara un profundo resentimiento hacia su hijo, que le daba un beso en la mejilla y la llamaba «mamita» con cariño, pero que en realidad le estaba diciendo algo así como «no tenemos tiempo para escucharte». Ella se dio media vuelta y se fue caminando en su bata blanca como un alma en pena. Matías bajó las escaleras con apuro o entusiasmo o ambas cosas, yo bajé detrás de él. «Hay que caminar dos cuadras, por acá no pasan taxis», fue lo primero que me dijo al salir a la calle. No hizo ninguna referencia a lo que acababa de pasar. Matías y yo no nos habíamos dado un beso todavía. No había nada dicho entre nosotros. Su total indiferencia hacia lo que había sucedido debió haber sido mi primera alerta, mi oportunidad para escapar. Pero no lo hice. Me quedé ahí, sentada a su lado en el taxi, caminando muy orgullosa con él en la *kermesse*, presentándolo a las pocas amigas con las que me cruzaba, siendo feliz cuando él me presentaba a la gente que conocía, que era muchísima. Me quedé a su lado, sin saber que lo que acababa de ocurrir en su casa había sido una bandera roja, una luz tintineante que me estaba indicando que yo tenía una bomba de tiempo al lado, y era solo cuestión de tiempo para que todo explotara por los aires.

6

Por alguna razón, no puedo recordar con exactitud la primera vez que nos besamos. Recuerdo, sí, que fue de a pocos. Empezó con un piquito y al comienzo solo nos dábamos piquitos. Luego esos piquitos se iban haciendo más y más largos.

Con seguridad el primer beso fue en el club, en invierno, echados con ropa en las tumbonas, mirando ese paisaje gris que es la playa en invierno. El mar oscuro, el cielo cubierto por nubes grises. Un panorama triste, sin duda, pero no menos triste que la muerte de su padre, o mi constante necesidad de ser mirada, aceptada, querida. Yo lo besaba y sentía que no había sido fácil llegar hasta ahí, que me había costado esfuerzo, que el amor tenía que ser así, difícil. Yo había podido estar con un chico de mi edad, más inocente, menos conflictivo, pero elegí el camino pedregoso, incierto, el que me daría más emoción y, también, más tristezas.

Comíamos helado, caminábamos de la mano, nos echábamos con ropa en la arena, conversábamos mucho. No recuerdo de qué hablábamos, pero no podíamos parar. Había química, de eso no había duda. Yo sentía que tenía al chico más *cool* al lado. No sé si al más guapo, pero su personalidad era tan arrolladora que era el tipo de hombre que podía tener a cualquier chica. No tenía vergüenza de nada, podía tener una larga conversación con cualquiera. Comprábamos siempre unas galletas de sabor a fresa que en ese momento acababan de salir. Él sabía que eran mis preferidas.

Un día estábamos corriendo en la orilla del mar, la playa estaba vacía porque era invierno, y encontramos un pez muerto. Lo miramos de cerca, nos dio pena, nos preguntamos de qué pudo haber muerto. Luego él levantó al pescado de la aleta posterior y me empezó a perseguir. Yo empecé a correr riéndome al comienzo, pero luego me quedé corta de aire y le hice saber con un gesto que ya parara, pero él seguía corriendo detrás de mí, lo cual me obligaba a seguir huyendo. Tuve que parar de correr porque no daba más y le di la espalda como diciendo que el juego se había terminado. De pronto sentí un golpe seco en la espalda, como si algo me hubiera tocado por un segundo. Volteé y vi el pescado muerto en la arena. Lo vi a él, se estaba muriendo de la risa, se reía a carcajadas. Me dio asco, por supuesto, y ahora que escribo esto me da pena el pobre pescado. Me molesté. No grité, no lloré. Solo le hice saber con la mirada que no me había gustado el juego y me eché boca abajo en la arena. Él vino y me dijo: «¿Te has molestado? ¡No es para tanto!», luego intentó animarme, hacer que lo mirase, que lo abrazase, pero yo hice fuerza para quedarme así, echada boca abajo, con los brazos alrededor de la cabeza, como si arriba de mí hubiese disparos, o como si estuviese ocurriendo un terremoto. Estaba furiosa.

Me pidió disculpas y luego sentí que se fue caminando. Me quedé echada. No podía entender cómo había sido capaz de hacer algo así, cómo no había medido que eso estaba completamente fuera de lugar. Yo tenía catorce años y veía con claridad algo que él, a sus dieciocho, no era capaz ni de sospechar. Porque por su tono de voz me daba cuenta de que estaba realmente sorprendido de que eso me hubiese incomodado. «Mi mamá dice que yo no tengo límites», me había dicho alguna vez, chateando. Esa tarde lo comprobé. Ahí, echada en la arena, en el fondo supe que esa era otra señal para escapar. Pero ya estaba enamorada, o enganchada, o ambas cosas, y nunca he sido el tipo de persona que corta el vínculo primero. Tenía más miedo de perderlo que de lo que estaba por venir.

Sentí que algo más caía sobre mi espalda. Sonaba como una envoltura de papel. Me levanté y vi a mi lado dos paquetes de galletas de fresa. Él estaba sentado en la arena, unos metros más allá, con la cara seria, algo raro en él, mirando el mar. Yo me senté en mi sitio, no sabía cómo sentirme. No sabía si seguir molesta, si había hecho bien en molestarme, si había sido muy dura, si ahora era él quien estaba molesto, si debía perdonarlo ahora que me había traído las galletas, porque hasta entonces nadie había hecho un gesto tan lindo por mí. Esta era oficialmente nuestra primera pelea.

Si bien nunca me dijo formalmente para ser novios, creo que en ese momento ya lo éramos. Me empezó a llevar los domingos a almorzar a casa de su abuela por parte de papá. Se llamaba Mía, y era una señora muy distinguida y educada. Era una tradición que sus cinco hijos fuesen con sus esposas e hijos a esa enorme casa ubicada en La Planicie a pasar el domingo, a que los primos jugasen juntos. Había un mayordomo que nos atendía y la comida se desplegaba en fuentes de cerámica, donde cada uno se acercaba con su plato para servirse. Los adultos se sentaban en el comedor principal, los jóvenes y niños en una mesa en la terraza. Así fue como conocí a las primas y primos de Matías que tenían más o menos mi edad. También tenía primos más pequeños, y era lindo ver a Matías jugar con ellos de igual a igual. Me hizo pensar que iba a ser un gran papá algún día, el tipo de padre que se tiraba al piso a jugar con sus hijos y la pasaba bien realmente, sin hacer esfuerzos.

Ser parte de todo eso, de la tradición de la familia, no solo me halagaba, también me hacía pensar que Matías iba en serio conmigo. Pasaban los días, las cosas fluían, la amistad dejó de ser amistad, los besos empezaron a ser cada vez más largos, caminábamos siempre tomados de la mano, los fines de semana eran ir al cine o de estar en mi casa. Mis padres lo veían con simpatía. Yo había visto ya la otra cara de la madre de Matías, la que no estaba en bata con el rostro desencajado, sino la de una mujer trabajadora y guapa, cariñosa, con un aire maternal al hablarme o mirarme a los ojos. Después del incidente del pescado, no ocurrió nada que me llamara la atención, o que me preocupara. Todo fluía con serenidad, como si una fuerza mayor nos estuviese encaminando a estar juntos, a enredarnos más y más, a mirarnos uno al otro como si no existiese nadie más en todo el mundo.

Pero yo era tan niña o tan tonta que no me había detenido a pensar que un chico de dieciocho años tiene expectativas sexuales con su novia, o con la chica con la que está saliendo, y él estaba ya cerca de hacérmelas saber. Y si yo quería seguir a su lado, tenía que estar a la altura.

Ser suya

7

El primer paseo que hice con su familia fue a ver una carrera de autos. Él fue con su mamá, su hermano y la novia de su hermano, manejando ese Hyundai blanco que primero era de su madre, pero luego sería de Matías. Llegó muy temprano, como a las cinco de la mañana. Días antes la madre de Matías había hablado con la mía para pedirle permiso y que me dejara ir con ellos, porque las carreras eran fuera de la ciudad, como a cuatro horas en auto.

Yo estaba durmiendo cuando escuché el timbre del intercomunicador. Matías ya estaba abajo esperándome. Me pude vestir rápido; por suerte, la noche anterior había dejado mi ropa lista. Había elegido ir en buzo y zapatillas. *Look* relajado.

Cuando saludé a Matías, olvidé darle un beso en los labios, le besé la mejilla. No sé si fue por los nervios de que la madre de Matías me hubiese estado esperando mucho rato en el auto, o porque iba a conocer al hermano y su chica, o porque todavía no me había terminado de acostumbrar a que Matías era ya oficialmente mi novio. Su madre fue muy cariñosa, como siempre. No me hizo ningún comentario sobre la espera, no parecía ofuscada por eso.

El hermano de Matías me pareció guapo. Estaba sentado en el asiento de adelante. Tenía una casaca amarilla Adidas. Sus pestañas eran largas como las de Matías, aunque menos rizadas. Sus dientes eran grandes y había algo en su manera de hablar que hacía que yo no pudiera dejar de mirar sus labios cada vez que volteaba a decirle algo a su mamá. Matías y la novia del hermano se sentaron atrás conmigo. La chica me pareció linda, y su sonrisa sosegada al saludarme me hizo sentir que nos íbamos a ver por mucho tiempo.

De la carrera no recuerdo mucho, salvo que había un montón de polvo. Polvo por todas partes. Polvo en mis zapatillas y mi ropa. Pero no me importaba, porque estaba con él. Y él estaba feliz viendo los autos pasar, haciendo un ruido que a ratos nos ensordecía. Su madre tenía una cámara digital en la mano. Seguía usando esas cámaras de años atrás, en lugar de las que venían en los nuevos celulares. Fue con una cámara digital que nos hicieron nuestra primera foto. Estábamos apoyados en el auto blanco, Matías con una camiseta roja y *jean*, zapatillas negras, lentes oscuros, el pelo revuelto, la sonrisa que no ocultaba su felicidad; yo, en buzo y zapatillas, el pelo suelto, la sonrisa tímida, la mirada hacia un costado, la inocencia hecha persona. Él me tomó por la cintura y yo me apoyé sobre él. Así fue nuestra primera foto y estuvo en un marco de plata por más de cuatro años. Estuvo en mi casa primero, porque él me la regaló por alguna ocasión que no recuerdo, quizás no hubo ocasión especial y me la regaló porque sí. Luego estuvo en su casa, porque yo se la regalé en algún momento de crisis, como tratando de recordarle lo felices que habíamos sido cuando todo comenzó. Y luego volvió a estar en mi casa cuando me la traje de vuelta el día en que terminé con él. Ahora no sé dónde está esa foto. Quizás entre mis cosas, quizás se ha perdido para siempre.

Estar con él se convirtió en mi felicidad. No había nada ni nadie que superara estar con él. Sus besos, sus abrazos, se sentían hechos para mí. Era gracioso, guapo, inteligente: estudiaba Ingeniería Industrial en una universidad reconocida y era muy bueno con las matemáticas, tanto que a menudo me ayudaba con mis tareas.

Un fin de semana fue la *kermesse* del colegio al que él y su hermano habían ido. Su hermano Diego estaba todavía en quinto de media y decidió pasar todo el sábado en la *kermesse* con su novia. Matías me había dicho para ir y pasó por mí, y luego me dijo para ir a buscar algo en su casa. Igual que la otra vez. Solo que esta vez, cuando entramos, no vimos el auto de su madre. «Mi mamá ha salido», me dijo al entrar a la casa. Subí a su cuarto y me senté en su cama. No recuerdo bien cómo, pero luego estábamos echados en la cama besándonos. Los besos que siempre nos habíamos dado en público ahora nos los dábamos en privado y quizás por eso había una voz en mi cabeza que me decía que no tenía nada de malo lo que estábamos haciendo. «Son solo besos», me decía, sin saber con exactitud si estaba mal lo que estaba pasando, porque algo me decía que sí, pero por otro lado era mi novio y solo nos estábamos dando unos besos. Sus manos recorrieron mi cuerpo por encima de la ropa mientras en la computadora sonaba «Just like heaven», de The Cure, canción que luego se convertiría en «nuestra canción». Porque esa tarde fue especial. Los besos fueron más intensos, más culposos, fueron quizás una promesa, una puerta abierta a algo más. Yo no lo sabía. Creo que en el fondo prefería no pensar en eso. Solo sé que cuando empezamos a besarnos era todavía de día, y cuando volví a abrir los ojos ya se había hecho de noche. Cuando nos dimos cuenta de que se nos había hecho tarde para la *kermesse*, o de que su madre podía llegar en cualquier momento, él se puso de pie y fue a su clóset para sacar un pantalón. Se paró detrás del mueble del televisor, se sacó el short y se cambió sin que yo pudiera verlo. Yo sonreía, sentada en la cama. «Esto es hasta nuestra noche de bodas», me dijo mientras se bajaba el pantalón. Y yo le creí. Realmente le creí que iba a esperar hasta que nos casáramos para tener sexo. También le creí que un día íbamos a casarnos.

8

Un día fui a ver un partido de básquet con Matías, mi amiga
Pía y su novio. El novio de mi amiga jugaba para el equipo del
club y era fan de uno de los equipos que iban a jugar. Cuando
le dije el plan a Matías, pareció entusiasmado como con todo lo
que le proponía. Tomamos un taxi de la calle, nos encontramos
con ellos en la puerta del coliseo donde se jugaría el partido
Entramos, buscamos nuestros asientos y nos sentamos.
Comenzó el partido y quince minutos después Matías me dijo
al oído que iba al baño. Le dije que estaba bien y no le di importancia, pero luego me di cuenta de que no volvía Me empecé a
preocupar, pensé que le había pasado algo malo, o que se había
molestado y se había ido. Mis amigos me sugirieron salir a ver
cómo estaba. Salí con el corazón latiéndome a toda prisa. No
tardé en encontrarlo parado, apoyado en una baranda, mirando el cielo de noche. Le pregunté si estaba bien, me dio un
largo abrazo. Luego me miró a los ojos como solía hacer. Sus
ojos tenían un brillo distinto. «Yo venía a ver básquet con mi
papá cuando era chiquito. No había venido en mucho tiempo,
es raro estar ahí dentro. Yo pensé que iba a poder, pero...». Se
le cortó la voz y no lo dejé seguir hablando. Le di un largo
abrazo y le dije que no había problema, que podíamos esperar

juntos a que terminase el partido afuera. Y eso hicimos. Apoyados en la baranda, mirando la ciudad de noche, nos quedamos hablando por dos horas o más de cualquier otra cosa, como si no se estuviese jugando un partido de básquet a unos metros de nosotros, como si nuestros amigos no estuviesen esperándonos, como si solo existiésemos él y yo en el mundo.

Dejé pasar ese evento sin darle mayor importancia. Sin imaginarme que esa mirada vidriosa podía ser el augurio de todo lo que vendría luego. Una señal inequívoca de que había en él un asunto irresuelto.

Pocas semanas después fue mi retiro de confirmación. Tres días en una casa en las afueras de Lima con mi promoción entera. Los chicos, por un lado, las chicas por otro. En esos momentos no me cuestionaba mi fe religiosa. Lo único que realmente me importaba o preocupaba era que dejaría de ver a mi novio tres días. Desde que empezamos a salir, no habíamos dejado de vernos un solo día. Y ahora esa costumbre se rompería por culpa de unos curas insoportables. Y de nuevo, yo no me cuestionaba si realmente era una buena idea eso de confirmar mi fe en una religión en la que en el fondo no creía realmente, pero él me animaba a hacerlo, porque él tenía una dimensión espiritual. Creo que, por la muerte de su papá, él creía en el cielo y en Dios y que algún día volvería a verlo otra vez.

Era triste no solo porque iba a dejar de verlo unos días, también porque mi cumpleaños caía ese sábado que yo iba a estar en el retiro espiritual. Iba a cumplir quince y él no podría estar conmigo. «No te preocupes, tenemos toda una vida para celebrar nuestros cumpleaños», me había dicho, siempre tan positivo, tan optimista, tan sonriente.

De todos modos, fue triste subirme al bus, mirar por la ventana, verlo parado ahí afuera, junto con algunos padres. Mis padres no fueron a despedirme, fue él. Me miraba sonriendo, cosa que me daba fuerzas para no bajarme corriendo a sus brazos. Una vez que arrancó el bus, saqué de mi mochila las cartas que me había dejado. Me había escrito unas cartas a mano para que las fuese leyendo una por día. Abrí la que decía: «Para el bus», y enseguida mis amigas se acercaron y me rodearon. Todas querían leer la carta, y a mí no me dio para decirles que prefería leerla sola primero. Rogué para que no hubiese escrito nada inapropiado. Las hojas tenían cuadraditos, las que se usan para hacer matemáticas. Las había arrancado de su cuaderno de la universidad y tenían en el borde izquierdo los pedacitos que sobran cuando arrancas un papel de un cuaderno anillado. Había escrito con lapicero azul. Su letra era ordenada, bonita. «Es el hombre perfecto», pensé, cuando vi el orden y, sobre todo, el amor que había puesto en cada línea. No era una carta cursi, era divertida, me hizo reír, porque hacía bromas de las chicas que estaban viajando conmigo. Bromas que todas celebraron y en un momento alguien me dijo: «Tienes que casarte con él», ese tipo que cosas que te dice una amiga con quince años recién cumplidos. Me dio pena alejarme de él. Pasar tres días sin verlo, sin abrazarlo, sin olerlo, sin saber dónde estaba en cada momento, porque en el retiro espiritual nos habían prohibido llevar teléfono. Orden que, por supuesto, yo había desobedecido, porque tenía mi celular en el bolsillo pequeño de mi mochila y pensaba prenderlo de vez en cuando, sobre todo por las noches, para hablar con Matías y darle las buenas noches.

Por suerte los días pasaron rápido. Los chicos de mi edad que viajaron con nosotras, si bien dormían en otro edificio, se juntaban con nosotras durante el día para hacer actividades. Yo los veía como unos niños poco interesantes. Nadie podía siquiera compararse con Matías. Él era el hombre de mi vida, de eso estaba segura. Y cada una de sus cartas me llegaba al corazón, me hacía reír y llorar al mismo tiempo. «Para la noche», «Para cuando te despiertes», cada carta estaba en un sobre blanco cerrado y decía exactamente cuándo debía abrirlas.

El día de mi cumpleaños abrí la que decía «Para tu cumple» y no pude evitar lagrimear con todo lo que me decía. Me prometía una vida juntos, sin separarnos un minuto, hacer una familia, correr olas juntos hasta el fin de los tiempos. Saqué mi celular, abrí la ventana de mi cuarto, me subí a una mesa y salí por ahí. Me senté en el tejado, mirando el enorme jardín verde delante de mí, el cielo ya a punto de oscurecer. Lo llamé. Me contestó enseguida, como si hubiera esperado mi llamada, a pesar de que no sabía cuándo iba a llamarlo. Hablamos brevemente, porque en cualquier momento podían verme y ahí se me acababan el retiro, el celular y mi comunicación con Matías. Porque sí, ya solo faltaba un día para volver, pero la idea de pasar veinticuatro horas sin saber nada de él me aterraba. Esas cartas no solo me ayudaron a sobrevivir en esos momentos en los que lo extrañaba locamente, también fueron lo más preciado que tuve en mi cajita de recuerdos por un par de años. Hasta que un día las rompí, en su cara, en la calle.

9

Un fin de semana cualquiera, me pidió que lo acompañara a la tumba de su papá. Le dije que por supuesto, que mis abuelos también estaban enterrados en el mismo cementerio, y que podía ser una oportunidad para pasar por sus tumbas, recordarlos, quizás hablarles en mi mente. Lo dije con naturalidad, como quien menciona que visitará a unos amigos; en ese momento no me extrañó la idea de hablar con un muerto, ni imaginé que sería una experiencia tan intensa.

Fuimos en el auto blanco de su madre, escuchando las canciones de Sean Paul, lo recuerdo perfectamente. Nos gustaba mucho su álbum *Dutty Rock* y las canciones de UB40. Solo escuchábamos eso y éramos felices. Yo era feliz viéndolo manejar, fumar a ratos, sus manos en el timón, a veces en mi pierna, cantando con la música a todo volumen.

Entramos al cementerio, vimos a mis abuelos. Me dio un poco de impresión o pena estar frente a sus tumbas, uno al lado del otro, pero Matías me tomaba de la mano y eso me hacía sentir que todo estaba bien. Todo estaba bien, si él estaba conmigo. Además, yo en ese momento prefería no sentir nada por nadie que no fuera él. Porque por alguna razón estaba convencida de que él no me iba a hacer daño. Lo quería así, sin miedo, con absoluta confianza. Como quien se tira a una piscina sin mirar dos veces si hay agua. Y por supuesto me daba pena ver los nombres de mis abuelos, saber que ya no estaban conmigo, recordar las imágenes de cuando estaban vivos, los abrazos y los dulces que me dieron. Pero prefería no sentir, porque no quería más pena en mi vida. Matías había llegado para alegrar mi vida y a él me aferraba. Me despedí de mis abuelos tocando sus tumbas, sin saber bien qué decir en mi mente. Luego fuimos a ver a su papá.

«Ahí está», fue lo único que me dijo. Luego me abrazó y se puso a llorar como un niño en brazos de su madre. Yo no sabía qué hacer. Lo abracé fuerte, estuve a punto de llorar con él. Podía sentir su pecho convulsionando con cada sollozo, no podía ver su cara, solo podía sostenerlo. Y mientras lo abrazaba, pensaba que, si eso era lo que tenía que hacer el resto de mi vida, estaba dispuesta a hacerlo. Pensaba que era normal que llorara así y que eso sería todo. Ir juntos a ver la tumba de su padre, dejarlo llorar en mi hombro. Pero no.

Cuando terminó de llorar, me miró a los ojos y yo limpié una lágrima que había quedado en su mejilla. No me dijo nada ni yo a él. Salimos del cementerio tomados de la mano, luego nos subimos al auto blanco, pusimos Sean Paul y fuimos cantando a casa de su abuela Mía, que vivía por ahí. Pensé que volveríamos eventualmente, que eso podía aliviarlo de alguna manera. En algún momento me dijo que no había podido despedirse de su padre. Que el cáncer se lo había llevado un verano que él y su hermano habían ido de vacaciones con sus primos a Colán. «Nunca me pude despedir de él», me dijo. «Me bajé del avión y cuando saludé a mi mamá lo primero que hice fue preguntarle por mi papá, pero ella se quedó en silencio. No me dijo nada. Llegamos a la casa, subí corriendo las escaleras, corrí a su cuarto para saludarlo, no estaba. No estaba él, no estaba el balón de oxígeno, no estaban el resto de los equipos médicos. En el cuarto había un vacío como si él nunca hubiera estado ahí». Hoy sé que él nunca se recuperó de eso. Y mientras escribo estas líneas puedo sentir su dolor con más claridad que en esos días en los que evitaba sentir pena. Matías nunca se pudo despedir de su padre. Y yo nunca más volví al cementerio con él. Yo le decía de vez en cuando para ir, pero él me decía que mejor no. Algunas veces me decía que había pasado a «saludarlo», como si no quisiera darle importancia al asunto, como si quisiera ignorar el hecho de que un día fuimos juntos, como si no quisiera que lo volviese a ver tan vulnerable, como si no quisiera que eso le ocurriera de nuevo.

10

Llegó el verano y, junto con él, los campamentos a la playa. Íbamos con su madre, su hermano y la novia de su hermano.

Íbamos a acampar a un club de playa, una hora y media al sur de Lima. Por supuesto, la madre de Matías habló con la mía para pedirle permiso. Mi madre dijo que sí y yo estaba extasiada. Me gustaba la idea de que mi madre y la de Matías hablaran por teléfono, se llevaran bien. Para el primer campamento, mis padres dijeron que irían a visitarnos el último día. Mientras nuestras madres hablaban por teléfono, Matías y yo hablábamos por WhatsApp, felices de que nuestros padres iban a conocerse.

Yo solo rogaba que se llevaran bien. Supongo que los momentos importantes nunca están exentos de miedo. Por suerte, el encuentro salió bien. Nuestros padres nunca se hicieron mejores amigos, pero la relación fue siempre cordial.

Fue de noche, solos en una carpa, que lo vi sin ropa por primera vez. Entonces nuestras caricias eran más íntimas y a mí ese juego me gustaba. Me gustaba tanto como la idea de pasar el resto de mi vida con él. Por supuesto, era el primer hombre al que veía así. Y él me decía que yo también era su primera mujer. En ese momento le creí, ahora tengo mis dudas. Dormíamos juntos, abrazados, y eso, por supuesto, mis padres no lo sabían. La madre de Matías le había dicho a mi madre que había una carpa para la novia de Diego y para mí, y otra para los hombres, y eso era verdad, pero una vez que estábamos ahí, todos insistimos para dormir en parejas, y ella cedió a la presión y luego guardó prudente silencio con mis padres. La madre de Matías solo nos decía: «Confío en ustedes», y luego se sentaba bajo un toldo a conversar con sus amigos. No digo esto como algo malo, al contrario, yo estaba encantada de que me dejara dormir con él. Porque durmiendo a su lado me sentía como nunca me había sentido antes, como si estuviera en el lugar correcto, como si toda mi vida hubiese estado perdida y hubiese encontrado de pronto un lugar donde no solo estaba cómoda, sino también era feliz, absurdamente feliz, como no lo había sido nunca. Él siempre me hacía reír, siempre estaba de buen humor. Yo había crecido viendo y padeciendo los cambios de humor repentinos de mi madre. Viéndola llorar desconsoladamente cuando se peleaba con mi padre. Sintiendo que mi tarea como hija era hacerla feliz, estar bien para que ella estuviera bien. Y en ese sentido Matías era un refugio, con él no me tenía que preocupar por días tristes ni oscuros. Aunque deseaba volver con él al cementerio, asumí que no le gustaba mostrar su tristeza, y lo acepté así.

Los campamentos duraban solo el fin de semana, de viernes por la mañana a domingo por la noche, y los tres días hacíamos lo mismo: desayunar jugo de naranja de caja, un sándwich de jamón y queso, ponernos traje de baño, echarnos uno al lado del otro en la sombra, frente al mar. Almorzar en algún restaurante cercano, por la tarde mirar el ocaso echados en la arena, sobre una toalla grande compartida. Por las noches hacer una fogata con amigos y luego dormir juntos.

Tantos besos apasionados en la carpa hicieron que Matías me preguntase si estaba lista para hacer el amor. No recuerdo el momento exacto en que me lo preguntó. Solo recuerdo que de pronto era un tema de conversación, porque yo no estaba muy segura y eso a él le molestaba. Yo estaba cómoda con darnos besos y tocarnos un poco, y era verdad que ya llevábamos cuatro meses de novios, pero yo no estaba lista. Se lo decía y él me decía que quizás entonces yo no estaba muy segura de lo que sentía por él. Discutíamos un poco y él me terminaba diciendo que no me quería presionar, pero la situación en sí misma ya era una presión para mí. Dejábamos pasar el tema y, cuando estábamos besándonos, no hacíamos nada que yo no quisiera hacer.

Un día me dijo que ese fin de semana no le provocaba ir de campamento, que prefería quedarse tranquilo, solo en su casa. Me preguntó si quería ir a su casa el sábado por la noche. Le dije que sí. Luego me preguntó si podía ser el momento para hacerlo por fin, sin tener que ir a un hotel, sin el temor de que alguien llegase a la casa y nos interrumpiese. Le dije que sí, tratando de convencerme a mí misma. Por supuesto me entraron mil dudas, pero ya no se las dije porque estaba cansada de discutir del tema.

Fui a su casa. No me esperó con velas, ni flores, y tampoco hizo ninguna preparación especial, con lo cual yo pensé que a lo mejor no pasaría nada esa noche. Sí, claro. Me eché en su cama, mientras él terminaba un trabajo en la computadora y me quedé semidormida. Un rato después, escuché la ducha, y sentí que él me quitaba la ropa despacio. Nos metimos a la ducha, me puse un gorro de baño para no mojarme el pelo, y creo que en el fondo lo hice para matarle un poco la pasión, pero no ocurrió. Luego nos echamos en su cama y pasó. Dolió bastante. No disfruté mucho, o casi nada para ser sincera, y diría que él tampoco. Lo hizo muy despacio y, por supuesto, no terminó dentro de mí. Hubiera podido hacerlo porque tenía puesto un condón, pero eso hubiese sido más doloroso para mí. Él no terminó y yo tampoco.

¿Mi primera vez fue con la persona correcta? No lo sé. ¿Estaba lista para tener sexo? Definitivamente no. ¿Hubiese sido mejor esperar, a riesgo de perderlo a él? No lo sé, quizás sí. ¿Él hubiese terminado conmigo porque yo no quería tener sexo? Ahora pienso que no. Pero yo era mucho más joven que él, lo veía con admiración y, aunque en ese momento no me daba cuenta, sentía que su opinión valía más que la mía.

Luego nos quedamos un rato abrazados y, por un instante, me pregunté si ese era realmente mi lugar en el mundo. Luego me olvidé del tema, pedí un Taxi Seguro y volví a mi casa a dormir. Cuando llegué, tenía un mensaje de buenas noches de él. Me puse mi pijama y me metí a la cama. En la oscuridad, con los ojos aún abiertos, recordé lo que acababa de pasar, sin emoción, como si me hubiese sido ajeno. Me dormí pensando: «Es mi novio, me quiere, ya está».

Ser toda suya

11

Fue un verano feliz. El más feliz de mi vida hasta entonces. Él venía todos los días a mi casa, en ropa de baño y zapatillas. Con su mochila con diseño de camuflaje en la espalda y su tabla bajo el brazo. Yo lo esperaba lista, con el bikini puesto bajo la ropa. Salíamos enseguida y caminábamos tomados de la mano a la tienda de la esquina a que él comprase cigarrillos sueltos, galletas y un Gatorade. Yo, por lo general, compraba un chupete o caramelos de limón. Tomábamos un taxi de la calle y nos íbamos al club. A veces hacíamos el amor antes de salir. Y yo cada vez lo disfrutaba más. O cada vez me dolía menos. Lo cierto es que cada vez era más suya. Y lo digo no en términos románticos, sino como un hecho. Porque él me poseía ya no solo en la cama, también en la vida misma. Empezó a decidir por mí en asuntos tan personales como qué ropa ponerme o cuánto debía comer. Él solo hacía bromas al principio, como decirme entre risas «¿te vas a comer todo ese plato?», pero el miedo a que eso dañara su imagen de mí me hacía ceder a la presión. Con la ropa sí era más impositivo, porque solo me dejaba ponerme escotes siempre y cuando saliera con él.

Al comienzo no pareció incomodarme hasta que comenzó el colegio. Un viernes llegué a su casa directamente del colegio y tenía puesto un pantalón suelto a rayas con una camiseta corta. Se me veía ligeramente la barriga. Entré a su casa a darle un beso, me saludó fríamente. Le pregunté si estaba todo bien. Me dijo que se me veía la barriga con esa camiseta. Me sorprendió porque no era una camiseta demasiado corta, llegaba casi a la altura donde comenzaba el pantalón y solo dejaba entrever un dedo de piel. Pensé que estaba exagerando, pero me dolía más verlo molesto y le dije, muy a mi pesar, que no me volvería a poner esa camiseta para el colegio. Pero también le dije que ya el hecho de no poder usar shorts con el calor que todavía hacía me incomodaba, y que me incomodaba también no ponerme shorts como mis amigas, que me decían: «¿No tienes calor con esa ropa?», a lo que yo contestaba que no, porque no me daba para decirles que sí y confesarles la razón por la cual estaba vestida así. Me daba vergüenza admitir que estaba siendo dominada por un hombre, yo que durante tanto tiempo había caminado por los pasillos del colegio con aire libre y despreocupado.

Le hice saber a Matías mis reclamos a su mandato de moda y le dije que yo no le decía cómo vestirse. Me dijo que él para la universidad usaba un short y un polo, y que no estaba enseñando alguna parte del cuerpo que provocara a las mujeres de su clase. A él le molestaba eso, que mi colegio fuera mixto, que pudiera ir con ropa de calle, y que no hubiera muchas reglas alrededor de cómo debían vestirse los alumnos, porque siendo un colegio alemán, liberal, lo que realmente parecía preocuparles a los profesores o a los directores era cómo se desempeñaban los alumnos, no cómo se vestían. Pero esta manera de ver la vida era incomprensible para Matías, que a pesar de tener una actitud muy libre era extrañamente conservador para ciertas cosas.

Argumenté también que al final yo podía estar vestida con una chompa estilo cuello tortuga y si un hombre iba a fantasear conmigo, lo haría de todos modos, sin necesidad de verme en shorts, o ver parte de mi barriga. Su respuesta fue: «¿Entonces qué quieres que te diga, que te vistas como quieras y que se acabó todo?». Recuerdo el miedo que esas palabras despertaron en mí. Real pavor de ser abandonada, como si llegado el momento no fuera posible sobrevivir a eso. Como si fuese capaz de tolerar cualquier cosa, por más incómoda que fuese, con tal de que no me dejasen. Y esa fue la razón por la que yo hacía, de buena o mala gana, todo lo que Matías me sugería. Por miedo a perderlo. ¿Era porque ya habíamos tenido relaciones sexuales, porque le había dado un lado tan importante de mí? La verdad, no. Lo que me aterraba era tener que empezar una vida sin él. Me dolía el pecho de solo pensarlo. Descarté por completo la idea de dejarlo. Y cuando, en los buenos momentos, él me decía que nuestro amor era infinito, que nada nunca nos iba a separar, yo le creía, de veras le creía. Y estaba dispuesta a hacer cualquier cosa por él, con tal de estar, como él me prometía, juntos para siempre.

12

Los momentos más felices ocurrían cuando íbamos juntos en el auto escuchando música. Venía a buscarme y yo bajaba las escaleras dando saltos, porque siempre estaba muy emocionada como para esperar al ascensor, le daba un beso en los labios y luego íbamos al club a pasar el día. Ya el verano había terminado y nuestros amigos no iban al club. Y en general él no veía a sus amigos, y yo a mis amigas tampoco. Me di cuenta de eso cuando mi madre me dijo un día, en tono de reproche, que no hacía otra cosa que estar con él. Matías y yo nos veíamos todos los días, todos. Y todos los días estaban llenos de risas, bromas, besos, abrazos. Él era mi lugar en el mundo. El olor de su cuello me daba una sensación extraña de paz, como si hubiese encontrado por fin algo que hacía mucho hubiese estado buscando.

Recorríamos el club tomados de la mano, nos echábamos en la arena con ropa, porque el calor empezaba ya a decaer, y cuando te sentabas cerca al mar corría una brisa que enfriaba un poco los dedos de las manos y las mejillas. Comíamos anticuchos en un restaurante del club, nos besábamos en el muelle, o sacábamos prestada una pelota de básquet y jugábamos a tirar canastas. Eso me encantaba de Matías, que le gustaban los deportes como a mí, y era aventurero como yo, y si, por ejemplo, estábamos en el club de campo, a una hora en auto de Lima, nos perdíamos durante horas caminando por las montañas, escalándolas a ratos, hasta llegar a la cima. Él no se cansaba y yo tampoco, éramos infatigables. Luego volvíamos con mi familia o con la suya, dependiendo de con quién habíamos ido, y tomábamos gaseosas y comíamos comida chatarra, y luego nos íbamos a montar caballo. Siempre teníamos un plan más. Casi todos los fines de semana nos juntábamos en su casa o en la mía a ver una película. Comprábamos canchita de microondas, golosinas, en especial Skittles. Nos echábamos en su sofá o en el mío a ver juntos la película con la luz baja. Y realmente veíamos la película, no éramos de esas parejas que a la mitad de la película ya están besándose, o que usan la película de pretexto para hacer otras cosas. Éramos más tiempo amigos que amantes.

También era divertido ir a reuniones juntos, ver cómo nuestros amigos nos veían como la pareja perfecta, la pareja que nunca peleaba, que adonde iba estaba contenta. Y era verdad. Nosotros mostrábamos lo que éramos. Y éramos felices.

Matías iba a veces a buscarme a la salida del colegio en el auto blanco de su madre y causaba conmoción entre mis amigos y amigas. Yo estaba empezando tercero de media. Ninguno de mis amigos estaba siquiera cerca de tener una licencia de conducir. Entonces yo, que siempre había sido una chica *cool*, ahora lo era más, por él o gracias a él.

Pero mis amigos pasaron de adorarlo a odiarlo sin conocerlo bien, por una pelea con Alessandro, mi hasta entonces mejor amigo. Yo estaba en mi casa con Matías cuando me llegó un mensaje de Alessandro. Me escribió y hasta ahí todo bien. Yo me puse nerviosa porque enseguida me di cuenta de que algo no andaba bien, él sonaba distinto, como más desinhibido. Y Matías estaba a mi lado leyendo todo. Cuando traté de cortar la conversación, me pidió una foto y Matías leyó eso y me hizo recordarle que tenía novio, a lo que él contestó: «Qué importa», y entonces mi novio se enfureció y tomó mi celular y le empezó a escribir a Alessandro, quien luego nos enteraríamos de que no había estado solo, sino con dos o tres amigos de mi salón. Por supuesto la conversación terminó en que Matías le dijo que si se lo encontraba en la calle lo «mataría a golpes» y Alessandro le contestó que no le tenía miedo, porque en ese momento él no era consciente de que Matías sabía pelear, y muy bien.

Lo realmente incómodo fue volver al colegio al día siguiente y caminar al lado de Alessandro y no saludarnos, cuando habíamos sido tan cercanos hasta entonces. Dolió. Pero, de nuevo, más dolía la idea de perder a Matías. Entonces comenzó una guerra fría entre ese grupo de amigos y yo, y por supuesto la noticia de la posible pelea se extendió en cuestión de días por todo el colegio. Mis amigas se preocuparon y trataron de hablar con Alessandro y luego conmigo, intentando buscar una solución al conflicto. Pero yo no les decía nada porque en el fondo sabía que Matías no se iba a olvidar así nomás del tema.

13

Y así como perdí a Alessandro como amigo, también perdí a Vincenzo, un chico de mi colegio, dos años mayor que yo. Era alto, rubio, guapo. Matías sabía quién era y aparentemente lo veía como una amenaza, porque cuando le conté que me había tomado una foto con Vincenzo a la salida del colegio, pasó de interrogarme a pedirme que hablara con él para que borrara la foto. Le expliqué que Vincenzo se estaba haciendo fotos con sus amigos como un recuerdo, que no fui la única que se tomó la foto con él. De nuevo, a Matías no le importaron mis comentarios y me dijo que le pidiera a Vincenzo que borrara la foto, alegando que era inapropiado que yo tuviera fotos con otros hombres, estando ya comprometida sentimentalmente. Y por supuesto eso hice. Hablé con Vincenzo, le pedí que borrara la foto y me juró que lo haría.

Pero aún más penoso que ese incidente fue la vez que estaba en clase, haciendo un trabajo grupal, de esos en que se habla de todo menos del trabajo que hay que hacer, y, como éramos chicos y chicas, comenzamos a hablar sobre sexo. Uno de los chicos empezó a preguntarle a cada chica si haría un trío. Su pregunta venía con mucha naturalidad y no parecía tener una intención escondida. Por supuesto, todas dijimos que no.

No sé si fuimos honestas, pero era lo políticamente correcto, lo que se esperaba que contestásemos. Cuando se lo conté a Matías esa tarde, viendo televisión en el sofá de mi casa, se enfureció y me preguntó cómo permitía que me faltasen el respeto así. Traté de explicarle que la pregunta no había sido ofensiva, que se notaba que era típica curiosidad adolescente. Sin embargo, él me dijo que lo tenía que poner en su lugar. Me dijo que tenía que hablar con él a solas, decirle que no me había gustado su pregunta, que me había faltado el respeto y luego tenía que tirarle una cachetada. No supe cómo reaccionar, porque nunca le había tirado una cachetada a nadie y no sabía si sería capaz de hacerlo. Nadie nunca me había molestado tanto como para pegarle. Pero ahora me lo pedía él. Y sentía que tenía que hacerlo.

Al día siguiente, entré al salón de clases temprano y, antes de que llegara el profesor, le pedí al chico que saliera un rato a hablar conmigo. Le dije de memoria lo que había ensayado la noche anterior y luego le tiré una cachetada. Me di la vuelta y volví a entrar al salón. Por supuesto me sentí horrible, pero no me cuestioné lo que acababa de hacer. Antes de irme, solo pude escucharlo decir «estás loca...», y sí, lo estaba, porque había perdido la capacidad de pensar y decidir por mí misma. Todo en mi vida era de Matías. Mis días, mis actos, mis pensamientos, mi tiempo, mi cuerpo. Todo giraba en torno a él. Y si bien ahora me siento una tonta por haberle dedicado cuatro años a una persona tan posesiva y manipuladora, trato de recordar que, si no hubiera estado con él, no sabría todo lo que sé ahora del amor... Trato de no ser tan dura conmigo misma. Pero haberle tirado una cachetada a ese pobre chico es algo de lo que me voy a avergonzar hasta el último de mis días.

Matías tenía esa doble personalidad. Podía ser absolutamente encantador, como también un completo patán. La mayor parte del tiempo era su buena versión, y conmigo y mi familia siempre fue realmente cariñoso, atento, educado. Saludaba a mis padres con un cariño que me conmovía, les ofrecía cosas para tomar, incluso en mi propia casa. Les decía cosas como «¿tía, te traigo una gaseosa?», a la hora que sabía que mi madre solía tomar una bebida. Y con mi papá se sentaba a ver un partido de fútbol, o a comentar un programa de televisión. O si había que ir a comprar algo a la tienda de la esquina, iba él sin quejarse. Si había que cargar algo pesado, o recoger algo, lo hacía sin que se lo preguntasen.

Con su madre también era cariñoso, aunque peleaban a menudo. Ella trabajaba desde su casa y conmigo siempre era muy amable, pero a menudo se le veía estresada, y le gritaba a Matías por tonterías, como que no estudiara en la mesa de la cocina, o por qué tomaba leche a mediodía, o por qué se reía tan fuerte. Por otra parte, siempre que hablaba del padre de Matías daba la impresión de que lo había querido mucho, porque nunca le escuché mencionar siquiera un defecto, o algo que no le gustara de él. Por esa época me enteré de que ella todavía tenía guardada la ropa que había sido de su esposo en su clóset. Una vez Matías abrió el clóset de su madre para sacar algo que ella le había pedido y no pude evitar preguntar por esos sacos y camisas de hombre que colgaban de ganchos de madera, perfectamente organizados, como si alguien todavía los usara. «Son de mi papi», me dijo Matías. Le pregunté por qué seguían ahí, me dijo que su madre no había querido sacarlos.

Nunca me quedó claro quién fue realmente el padre de Matías. Tanto la madre de Matías, como la abuela de Matías, el hermano y el mismo Matías hablaban solo cosas buenas de él. Todo lo que decían era positivo: «Era muy guapo», «el más caballero de todos», «siempre estaba de buen humor», y según la madre de Matías, «nunca tuvo siquiera ojos para otras mujeres». Sin duda fue una buena persona, pero tampoco me creí que fuera solo un conjunto de cosas positivas. Las personas tenemos un lado B, tenemos defectos, decimos palabras hirientes de vez en cuando, podemos desconcertar a la gente a nuestro alrededor con nuestras acciones, y siento que todo eso es igual de real que las tantas virtudes que una persona pueda tener. A veces me daba la impresión de que el padre de Matías estaba siendo reivindicado solo por el hecho de estar muerto. Y yo creo que eso es lo que la familia de Matías estaba haciendo con él. Sé que le gustaban las motos y los autos, igual que a Matías, y que iban juntos a ver las carreras de autos. Sé que le gustaba ir de campamento, y en parte por eso la madre de Matías había querido mantener esa tradición. Sé que la madre de Matías le preguntó si le parecía bien que sus hijos viajasen a Colán aquella semana en que él murió. Él, postrado en una cama, con un balón de oxígeno al lado, y otros aparatos de hospital conectados al cuerpo, le habría hecho una seña con la cabeza haciéndole saber que sí, que se fuesen sus hijos de vacaciones, quizás porque no sabía que sus hijos no tendrían la oportunidad de despedirse de él, quizás porque no quería que sus hijos lo viesen morir.

14

Lo que sí sé con certeza es que Matías tenía un lado violento, que salía cuando estaba, según él, protegiendo a la gente que más quería. Desde que estuve con él, me contó que había hecho artes marciales cuando era niño y me habló de la importancia de saber defenderse en la calle. Me dijo que una de las razones por las cuales había decidido aprender a pelear era su no tan alta estatura y que eso, en un colegio solo de hombres, podía ser una invitación a los niños más altos o corpulentos a empujarlo contra los *lockers*, robarle la lonchera, o simplemente ser el blanco de los matones de la clase. Me aseguró que él solo usaba la fuerza cuando era estrictamente necesario, es decir, cuando alguien que él quería podía estar en peligro. Pero hubo tres episodios en los cuales yo me pregunté si para él eso no era usar la fuerza, porque para mí lo era, y en ninguno de esos casos ni él ni yo estábamos en peligro.

La primera vez fue en una *kermesse*, al poco tiempo de estar juntos. Yo estaba con él y un grupo de amigos. Él se fue un momento con sus amigos y yo me quedé con dos o tres amigas. Se acercaron unos chicos de nuestra edad, quizás un poco más jóvenes, y nos pidieron nuestros números. Mis amigas les dieron los suyos, y yo me disculpé diciéndoles que tenía novio. Uno de los chicos hizo un comentario que no alcancé a escuchar y los demás se rieron de mí. Cuando Matías volvió, se lo comenté, y él me preguntó si lo reconocería en caso de volverlo a ver, y le dije que sí. Un rato después, esperando a entrar a un juego, reconocí al chico con su grupo de amigos, todos apoyados en una baranda en forma de tubo, que daba a una bajada para personas en silla de ruedas, o para transportar objetos con ruedas. Eran seis o siete chicos. Le señalé a Matías dónde estaba y él caminó hacia ellos, sin siquiera avisarme. Vi de lejos cómo se acercó al grupo sin miedo alguno, les habló alrededor de cinco segundos, y yo supuse que estaría preguntando quién había sido el que me había hecho ese comentario burlón. Por un momento tuve miedo y pensé que le pegarían entre todos, pero vi cómo señalaban al único chico que estaba sentado en la baranda. Matías se acercó a él y, sin decir una palabra, le tiró un cabezazo con la frente, se dio vuelta y se fue, mientras el chico caía de espaldas hacia la bajada para silla de ruedas. Me dio la mano y nos fuimos caminando, como si nada hubiese pasado, aunque yo seguía aturdida. Había sido como ver una película de acción en la que el matón había terminado siendo mi novio.

El segundo episodio fue más preocupante y ocurrió un viernes por la noche, en la puerta de la bodega más cercana a mi casa. Íbamos al cine y paramos a comprar piqueos, cuando, desde la oscuridad, apareció un tipo caminando en zigzag hacia nosotros. Era alto, corpulento y estaba visiblemente borracho. No me quedó claro si cuando caminaba en nuestra dirección lo hacía para intimidarnos, o porque estaba tan intoxicado que no nos vio en su camino. Yo tuve miedo, sentí que algo malo podía pasar. Él cruzó la pista en dirección opuesta, pasando muy cerca de nosotros. Entramos a la bodega. Traté de no estar nerviosa y concentrarme en lo que habíamos ido a comprar, pero desde adentro vi que el borracho se había dado media vuelta y ahora caminaba hacia la tienda. No nos dijo una palabra amenazante, ni hizo nada que confirmara que quería hacernos algo malo. Pero para Matías el simple hecho de que el borracho se diera la vuelta y quisiera entrar a la tienda fue suficiente motivo, así que salió y, antes de que él pudiera entrar a la bodega, ahí en la mera puerta, le hizo algo que parecía una llave, o un golpe, nunca pude distinguir qué hizo. Solo vi que tras un movimiento el borracho estaba boca abajo en el suelo, con la rodilla de Matías apoyada en su espalda. Había sido un golpe en seco y luego silencio.

Empecé a ver cómo caían gotas de sangre en el suelo, cada vez con más frecuencia, hasta que se formó un charco de sangre. El borracho estaba consciente, aunque atontado y sin hablar. «Para un taxi», me dijo Matías. Aunque lo que debió decir fue: «No debí hacer esto». Yo dejé la bolsa de chizitos y la gaseosa que tenía en las manos, salí a la calle, extendí mi brazo tembloroso y rogué para que aparecieran las luces de un auto, cualquier auto. Los dependientes de la tienda salieron con algodón y agua oxigenada y, mientras me subía al taxi, los escuché decir que había que llamar a una ambulancia.

El tercer y más vergonzoso incidente fue una noche en casa de mi amiga Carol. Había hecho una reunión para celebrar su cumpleaños número quince. Yo asistí con Matías y todo fluyó bien hasta que escuchamos que Alessandro llegaría pronto con su grupo de amigos, que también eran mis amigos del salón. Para entonces yo tenía una buena relación con todos en mi clase, salvo, por supuesto, con Alessandro. Incluso cuando hacíamos trabajos grupales, nos la ingeniábamos para terminar la tarea sin cruzar palabra.

Apenas Matías escuchó que Alessandro llegaría, mandó un mensaje a sus amigos para que lo esperaran en la puerta de la casa de mi amiga. Yo le comenté a una de mis amigas las intenciones de Matías para que les avisara a Alessandro y sus amigos. Cuando ellos leyeron el mensaje, ya estaban en la puerta de la casa y, al enterarse de que Matías estaba ahí, se echaron a correr detrás del carro que los acababa de dejar. Matías sintió el barullo y caminó hacia la puerta de la casa, como un perro buscando su hueso. La dueña del santo seguía bailando reggaetón feliz en la sala, pero no tardó mucho en darse cuenta de que la mitad de su fiesta había salido a la calle. Los cinco amigos de Matías estaban ahí parados, esperando a que les dijeran con quién pelearse, y los míos, que eran como veinte, salieron también, aparentemente con intención de pelear. De pronto casi toda la fiesta estaba afuera de la casa de mi amiga Carol. Y dado que Alessandro y sus amigos lograron escapar, al final nadie peleó con nadie.

Ese lunes en el colegio todos en mi promoción hablaban de lo que pudo haber sido una pelea campal. Nadie me lo decía directamente, pero yo podía notar que muchos pensaban que mi novio era un completo imbécil. Y por muchas barreras que tratara de poner, por muy desconectada que pudiera estar de todo lo que no fuera Matías, sentía con algo de dolor que mis amigos detestaban a mi novio.

Miedo a perderlo

15

Matías y yo ya teníamos un año de novios. Y salvo esos brotes de violencia que él podía tener, no exagero si digo que nuestra relación era casi perfecta. Era una relación feliz. Me adoraba y yo a él. Nos reíamos todo el tiempo. Hacíamos todo juntos. Hablábamos del futuro como si lo tuviésemos ya resuelto, como si fuese un hecho que un día nos casaríamos y tendríamos una familia. No teníamos miedo a estar tan comprometidos, a pesar de ser tan jóvenes. Matías ya tenía diecinueve años y yo entre quince y dieciséis. A él le iba muy bien en la universidad y yo ya estaba en cuarto de media.

Por esa época tuve una pelea con mis padres. Ellos querían que me fuera a estudiar al extranjero, concretamente a Alemania. Para eso tenía que seguir una clase especial a la cual solo tenías acceso si la junta directiva del colegio te invitaba a participar. Fui invitada, hice el curso un tiempo, pero no me sentí cómoda y tengo que admitir que parte de esa incomodidad provenía del miedo a irme del país, a alejarme de Matías. Mis padres tenían sus razones para mandarme a estudiar afuera y yo tenía las mías para quedarme y eso levantó entre nosotros una guerra fría que duró meses. Ellos no daban su brazo a torcer y yo tampoco. Matías me decía que él me apoyaba en lo que fuera que decidiera. Aunque, por supuesto, él prefería que me quedara, que no estudiara lejos de él. A mí me dolía profundamente que mis padres me obligasen a seguir un sueño que era de ellos más que mío, y todos los días iba triste al colegio, sintiéndome sola, alejada de ellos. Y en esa época me hice aún más dependiente de Matías. Él era mi lugar de escape, de descanso, de cariño. Solo hallaba en él todo aquello que ya no encontraba en mis amigos y ahora tampoco en mi casa.

Mis padres empezaron a ver con recelo a Matías, alegando que él «me metía ideas en la cabeza», a mi madre no le parecía bien que teniendo casi veinte años solo estudiara y no trabajara. Yo ya no sabía qué estaba bien y qué estaba mal. No sabía qué opinión debía tomar en serio, porque recuerdo que una profesora del colegio, a quien yo le tenía mucho aprecio, me dijo que si yo fuera su hija no me obligaría a seguir esa clase intensiva de alemán, que lo importante era que yo fuera feliz, no que me fuese a estudiar al extranjero. Todos tenían opiniones distintas y yo solo sabía lo que no quería: no quería irme a estudiar afuera.

Eventualmente mis padres entendieron o se resignaron y me dieron permiso para hacer la clase regular, donde estaban mis amigas más cercanas, aquella clase que tenía algunos cursos en alemán, pero no te preparaba para el bachillerato en alemán. En realidad, pude haber hecho el bachillerato y no irme a ninguna parte, pero en ese momento yo me sentía alejada de mis padres y mis amigos y lo único que me daba paz era la idea de estar cerca de Matías y terminar el colegio cuanto antes, para empezar pronto a estudiar en la misma universidad a la que iba él.

Por esa época a Matías se le dio por hacer *downhill*, que era básicamente bajar un cerro en bicicleta. No me preocupé, incluso cuando llegó a mi casa un día con el brazo inmovilizado, porque se había fisurado la clavícula. Pensé que era una lesión sin importancia, hasta que un tiempo después me dijo que se había golpeado la cabeza bajando el cerro, que la bicicleta estaba destrozada y había discutido con su madre, porque no le había querido dar dinero para arreglar la bicicleta. En efecto, cuando llegué a su casa, su madre estaba visiblemente disgustada. De nuevo, no le di tanta importancia, me pareció que la señora exageraba. Pero, al poco tiempo, se zafó cinco discos de la espalda corriendo tabla, y esa vez sí me preocupé un poco más, porque le hicieron placas y le recomendaron reposo. Por supuesto lo acompañé al médico las veces que fueron necesarias y me quedé echada a su lado en la cama el día que tendríamos que haber estado trepando un cerro del club de campo, o jugando a meter canastas en el club. No se me pasó por la cabeza ir a la casa de alguna amiga, o hacer algo por mi cuenta las veces que lo acompañé a la cita médica o que me quedé a su lado cuando estaba en cama. Yo, a mis quince años, sentía que tenía que ser una mujer abnegada e incondicional, cual esposa, papel que hoy encuentro patético y penoso para esa edad.

Todo comenzó con un dolor de espalda, pero luego fueron dolores de cabeza los que de pronto lo atacaban y lo dejaban en cama durante horas. Eso sí me preocupó. Él, que siempre había sido activo, ahora solo dormía un sábado por la tarde hasta que se hacía de noche, mientras yo veía tele a su lado, y me pedía un taxi a mi casa cuando llegaban las diez de la noche y comprendía que no iba a despertar. Fueron dos o tres fines de semana así. «Es la pastilla para el dolor de cabeza lo que lo hace dormir tanto», me dijo su madre un día, cuando me despedía de ella, con el taxi esperando afuera.

16

Matías era adicto a la adrenalina, eso fue lo que me dijeron. No sé si era un diagnóstico real. Pero eso, según su madre, explicaba por qué tenía tantos accidentes últimamente y quizás también algunas de sus conductas como, por ejemplo, cuando caminaba al borde de un precipicio, o se paraba en el marco de mi ventana, solo para sentir la altura mirando hacia abajo.

Le empezaron a hacer placas y resonancias en la cabeza. Yo lo acompañaba a todas y no cuestionaba bien por qué exactamente estaban viendo su cerebro. Se suponía que para examinar su última contusión cerebral montando bicicleta, pero a ratos me parecía que eran muchas placas para un solo golpe. No me terminaba de hacer sentido. A veces entraba a la oficina de la madre de Matías para saludarla y la encontraba al teléfono con el médico, o con las placas del cerebro de Matías colgadas en la pantalla de la computadora. A veces me daba explicaciones que me resultaban confusas, o que no llegaba a entender por completo, o no me decía nada, como si el tema no fuera realmente importante.

Fue por esa época que su mamá empezó a ir al casino casi todas las noches. Decía que era su manera de sacarse el estrés, ya que pasaba todo el día sentada frente a la computadora, muchas veces hasta tarde. En ese momento no me preocupé, no me imaginé que el tema escalaría. Al comienzo me gustaba que no estuviera en la casa, porque así yo tenía tiempo a solas con Matías. Su hermano pasaba mucho tiempo en casa de su novia, y si no estaba allí, con seguridad estaba en la universidad, haciendo deporte o estudiando en casa de algún amigo.

Desde la lesión, Matías salía cada vez menos de su casa, ya no le hacía tanta ilusión salir a reuniones o fiestas. Empezó a visitar un lugar para jugar videojuegos a pocas cuadras de su casa. A veces yo llegaba a visitarlo y no estaba, y entonces ya sabía dónde encontrarlo. Sabía que tenía que caminar un par de cuadras hasta llegar a ese lugar casi a oscuras, lleno de televisores con aparatos y cables conectados a ellos. Mucha gente joven, sobre todo hombres, miraban embobados una pantalla. No creo que alguno de ellos advirtiera que había una mujer en el lugar. Todos parecían muy ensimismados en lo suyo, incluyendo Matías, que me daba un beso en los labios, sin sacar la vista de la pantalla. A menudo jugaba carreras de autos o motos. Otras veces jugaba videojuegos de boxeo. Al comienzo no me incomodó ese nuevo pasatiempo, parecía inofensivo. Pero luego me daba cuenta de que pasábamos horas ahí metidos, a oscuras. Entonces le decía «¿ya nos vamos?», y al comienzo él me decía «sí, sí», hasta que un día me dijo «amor, si no quieres estar aquí, no tienes que venir a acompañarme». Me dolió. Por supuesto que me dolió, porque sentí que él prefería jugar videojuegos a estar conmigo, pero por otro lado me dije que no podía ser tan absorbente y que era mejor que lo dejara jugar, que me fuera con alguna amiga, que hiciera planes por mi cuenta.

Pero no podía: yo no era capaz de tomar una decisión que me alejara mínimamente de él. En mi caso no había un videojuego o una amiga que me interesara más que pasar tiempo con Matías. Pero no sé si era porque él ya me sentía tan suya, tan aferrada a él, tan poco independiente, que comenzó a hacerme

ese tipo de comentarios: «¿Por qué no sales con tus amigas?».
Por un momento me pregunté si quizás ya se había cansado de
mí, pero yo sentía que no, que no era eso. Todavía en su mirada
veía que me seguía queriendo tanto como yo lo quería a él.

Casi con seguridad fue por la medicación que él tomaba
para «controlar sus impulsos, su adicción a la adrenalina» que
ahora estaba bastante menos agresivo. Ya no podía correr tabla
por los discos zafados en la espalda, menos aún bajar cerros en
bicicleta, así que su única distracción eran los videojuegos. Y lo
bueno de que estuviera más tranquilo era que se empezó a llevar mejor con mis amigos.

Todavía recuerdo la primera vez que lo llevé a una reunión,
justo después de lo que ocurrió en casa de mi amiga Carol.
Hubo un silencio cuando Matías cruzó la puerta. Yo sentí cómo
de pronto el aire se tornó espeso con su sola presencia. Pero fue
en cuestión de minutos que Matías dio vuelta a la situación. Se
sentó a tomar cerveza con mis amigos, como si no estuviera al
tanto de que había una pequeña animosidad contra él. Una
hora después, estaba jugando fulbito de mano con los dos chicos que se habían parado frente a los amigos de Matías, con los
brazos cruzados, como esperando que ellos diesen el primer
golpe. Las carcajadas de mi novio y mis amigos retumbaban en
las paredes de la casa y en mi corazón un poco también. Yo no
podía estar más feliz. Al final de la noche, supe que se habían
hecho amigos. En un momento, antes de irnos, se acercó uno
de los chicos, se sentó al lado y me dijo: «Chévere conocer a
Matías, es la cagada, yo pensé que era un imbécil». Su comentario confirmó mi intuición. Ese lunes en el colegio respiré aire
nuevo. Porque lo bueno de que Matías se hubiera hecho amigo
de mis amigos era que ya no le molestaría que conversara o
saliera con ellos.

No sé si fueron las pastillas o la locura de Matías las que le
hicieron cambiar de opinión así, de un momento a otro. Ahora

su actitud era: «Los conozco, son mis patas, no se van a pasar de la raya contigo». Y no, nadie se iba a pasar de la raya conmigo, pero no porque ahora fuesen sus amigos, sino porque en el fondo ellos sabían que Matías tenía un lado B y, aunque ahora se llevaran bien con él, todavía le tenían un poco de miedo.

17

Ya llevándose bien con casi todos mis amigos, fue solo cuestión de tiempo que arregláramos las cosas con Alessandro. Un día estaba caminando por el pasillo del colegio, cuando él me detuvo y me pidió conversar un momento. No pude evitar sonreír al mirarlo a los ojos después de casi un año. Creo que en mi sonrisa encontró complicidad, porque él también sonrió, y antes de que empezáramos a hablar ya nos habíamos perdonado. Comenzó pidiéndome disculpas, y yo me disculpé también, porque nunca debimos pelearnos. De un momento a otro, todo estaba bien entre nosotros, como si nada hubiese pasado.

En la siguiente reunión, que curiosamente fue en casa de Carol, exactamente un año después, Matías y Alessandro se dieron un abrazo y se pidieron disculpas. La novia de Alessandro y yo nos miramos y sonreímos. Todo estaba bien. Todo volvía a estar bien. Matías ya era amigo de mis amigos, sus dolores de cabeza habían pasado y, si bien ya no podía estar tan activo como antes por las lesiones en la espalda, si bien nada era perfecto porque yo todavía estaba recuperando la buena relación con mis padres por el tema de Alemania, todo parecía estar bien.

Y cuando todo estaba sospechosamente bien, cuando no había pequeñas preocupaciones, cuando la vida era de pronto un pan dulce y no un camino con ciertos desniveles, era cuando solía venir algo malo. Muy malo.

Y eso malo, muy malo, tenía un nombre: moto. Todo estaba bien hasta que a Matías se le vino a la cabeza comprarse una moto. Y no una moto cualquiera: una de carrera. De esas que tienen motores de carro y van a alta velocidad. Tenía un dinero ahorrado de las propinas de la abuela y de los sueldos que su madre le pagaba por ayudar en la compañía ensamblando computadoras o haciendo mandados. Y, por supuesto, se compró una.

Yo tuve un mal presentimiento, pero me decía que tan malo no podía ser. La madre de Matías estaba furiosa. Nunca la vi tan fuera de sí, nunca los vi pelear así. Fue en esas tantas peleas que tuvieron antes de que la bendita moto Suzuki blanca llegara a la casa que los escuché más que nunca mencionar al padre de Matías. «Tu padre jamás hubiera tomado una decisión así». «Yo quiero tener una moto porque es la forma en que me siento cerca de mi papá». Yo, sentada en el sofá del primer piso de la casa, escuchando los gritos en el segundo piso. A ratos daba la impresión de que mi vida era quedarme sentada, escuchando a otros pelear a lo lejos.

Llegó la bendita moto blanca y Matías estaba extasiado. No se hablaba con su madre. A su hermano la moto le hacía algo de gracia. A ratos le hacía preguntas tipo «cuál era la máxima velocidad que alcanzaba la moto». Yo no hacía preguntas y solo miraba a mi alrededor como quien ve una película, dejando que los hechos ocurrieran, como si tuviera muy claro que mis palabras no cambiarían en absoluto el transcurso de los hechos.

No pasó ni una semana y Matías tuvo su primer accidente en moto. Yo estaba en mi casa cuando recibí una llamada de la Clínica Anglo Americana. Por un momento pensé que algo podía haberles pasado a mis padres. Pero la enfermera que me llamó me dijo en un tono muy calmado que Matías acababa de ingresar por emergencia. Le pregunté si estaba grave. Me dijo que tenía un fuerte golpe en la cabeza, pero nada muy serio. Tomé un taxi de la calle y fui a verlo a la clínica. Llegué casi al mismo tiempo que su madre, quien parecía más molesta que preocupada. Entré al cuarto de emergencias que le habían asignado a Matías, sin saber exactamente qué me iba a encontrar. Tenía puesto el camisón blanco de la clínica. Su ropa estaba en una bolsa al lado. Me acerqué y le di un beso en los labios. Él estaba de muy buen ánimo, como si estuviese contento de estar ahí, como si no fuera consciente de que acababa de tener un accidente. Había estado yendo rápido en una avenida y un auto lo había chocado y se había dado a la fuga, dejando a Matías tendido en el suelo. Fue alguien que pasaba por ahí quien llamó a la ambulancia. El resultado del choque fue un golpe en la cabeza y la clavícula fracturada, de nuevo. Por suerte llevaba un casco puesto, de lo contrario no sé qué hubiera pasado. Cuando puse mi mano por su clavícula, porque él me pidió que lo hiciera, pude sentir el hueso roto, la esquina áspera del hueso en punta, estirando levemente la piel hacia afuera. No me molesté con él. No en ese momento. De hecho, me pareció un poco injusto que su madre lo tratase con tanta frialdad, cuando en realidad no había sido su culpa. Había sido un auto el que lo había chocado a él.

Lo cierto es que la moto había durado solo una semana y yo pensé que ese incidente le serviría a Matías para darse cuenta de que tener una moto de carrera como medio de transporte en Lima no era una buena idea. Porque por muy buen conductor que él pudiera ser, siempre habría algún imprudente que pusiera su vida en riesgo. Pero yo estaba muy equivocada y a punto de darme cuenta de que había sido un error subestimar los arranques de violencia de Matías, sus accidentes, su obsesión con tener una moto, con buscar adrenalina, con estar constantemente poniendo su vida en riesgo. No estaba muy lejos de descubrir que lo que Matías realmente quería era morirse, y morirse de pronto, sin sentirlo, bajo el efecto anestésico de la adrenalina, sin importarle si su familia o yo sufríamos, para así encontrarse por fin con su padre. Me había dicho un día: «Si me muero, yo sé que voy a volver a verlo».

18

Matías tuvo un yeso en el pecho por tres semanas. Y eso lo hizo aún más solitario. No le provocaba ir a fiestas o reuniones con ese armatoste blanco que no cabía debajo de ninguna de sus camisas de fiesta. Y, por supuesto, yo no iba a las fiestas sola, me quedaba con él, en su casa, viendo una película o en el lugar de videojuegos, donde eventualmente me animó a jugar con él y podría decirse que hasta le agarré el gusto. Matías bajó mucho de peso, empalideció por el tiempo que pasaba dentro de cuatro paredes, y esas cosas no se las decía yo, se las decía su abuela, que lo escudriñaba con la mirada cada domingo que lo veía en su casa. Yo veía preocupación en los ojos de la abuela, así como también me daba cuenta de que me veía con pena, casi diciéndome que era una santa para estar con él. Porque si bien ella quería mucho a Matías, al igual que al resto de sus nietos, era una mujer inteligente y, a pesar de sus años, que no eran tantos, estaba lúcida, y se daba cuenta de que algo no estaba bien. Así como ella, yo también sentía eso en cierta forma, pero en aquella época no había aprendido a confiar en mi intuición, y tenía la mala costumbre de mentirme a mí misma. «No, la abuela no me está mirando de esa manera —me decía—, me lo estoy inventando».

Matías parecía triste de haber perdido su primera moto. Ahora creo que en el fondo estaba deprimido, pero él era muy orgulloso para mostrarlo o decirlo, y yo muy chica como para decírselo. El hecho era que él estaba triste y su madre, en un rapto de generosidad, y un poco para dejar de lado el capítulo «Moto en la vida de su hijo», decidió regalarle el auto blanco que había sido suyo durante tanto tiempo. Ella se compró una camioneta linda, último modelo, con una plata que, según dijo, había ganado en el casino. Entonces todo parecía volver a la normalidad, a ser lo que había sido cuando Matías y yo paseábamos en ese mismo auto blanco escuchando UB40, cuando recién nos habíamos enamorado. Todo tenía que volver a ser como antes, a la época en que todo eran risas y yo no tenía este miedo absurdo a las decisiones repentinas que él pudiese tomar. De pronto en mi relación el fantasma que antes se llamaba «miedo a que me dejase», pasó a llamarse «miedo a que se muriera». Y lo que en su momento fue una intuición, y en este punto puede parecer una exageración, lo que pasó luego confirmaría que no estaba equivocada, que debía, con el dolor de mi alma, salir de ahí sin pensarlo dos veces.

Y sí, fueron dos o tres meses de tranquilidad, de pasear en el auto blanco, de ir a correr tabla juntos en invierno, de pasear por el club, de darnos un beso apasionado en el mismo lugar donde nos besamos por primera vez. Meses de conversaciones largas por teléfono, de mensajes de «ya llegué a mi casa, que duermas rico». Meses de caminar de la mano por la calle. Meses en los que él me miraba a los ojos y todas mis dudas se disipaban, todos mis miedos desaparecían. Solo él sabía mirarme de esa manera. Solo yo podía entender sus ojos, su dolor, su manera de ver la vida.

Matías dejó de ir al lugar de videojuegos. Ahora empezó a pasar tiempo en el taller mecánico, haciendo toda clase de ajustes al auto blanco para que se pareciera a un auto de carrera. Lo primero que hizo fue «soltar el escape», lo que consistía en convertir el tubo de escape del auto en una máquina de hacer ruidos. Al comienzo, el ruido cuando él pisaba el acelerador era tan fuerte que no se podía escuchar música en el auto, era casi ensordecedor, un ruido que despertaba a mis vecinos cuando él me iba a dejar en mi casa un viernes a medianoche. Luego compró otro tubo de escape que hacía menos ruido, pero igual lo hacía y parecía que estábamos haciendo *pop corn* cada vez que frenaba, o aceleraba, ya ni sé. La verdad es que me daba un poco de vergüenza llegar a fiestas o reuniones haciendo ese ruido. Me parecía que, dado que no era un auto de carrera, ese sonido del motor o del tubo de escape solo provocaba risas o miradas extrañas en sus amigos y en los míos, sobre todo sus amigos, quienes lo empezaron a mirar con otros ojos. Ya no lo veían como el chico *cool* que corría tabla y hacía reír a las chicas. Ahora era este *freak* que se accidentaba cada vez que podía, que manejaba un auto que hacía un ruido atroz, que había dejado de ir a las fiestas y reuniones para aislarse sabe Dios dónde, que ahora se veía flaco, triste y pálido, pero que nadie veía con verdadera preocupación porque tenía una chica que lo adoraba al lado y porque, para ser totalmente francos, «Matías siempre estuvo un poco loco». Por supuesto, nadie me decía nada de eso directamente, pero para entonces yo ya empezaba a creer en mi intuición.

Todo se volvió a joder de nuevo cuando un día llegué a su casa y él estaba peleando con su madre. Él había decidido vender el auto blanco para comprarse una moto, otra moto. Yo esta vez sí me molesté y pensé que tenía que ponerme firme, darle un ultimátum. A mis ojos, no tenía explicación racional lo que él proponía. Además, no me parecía justo con su madre, que le había regalado el auto. No me parecía justo conmigo, que ya bastantes sobresaltos había tenido en ese último tiempo. En el transcurso de una semana, recuerdo haber pasado de la amenaza de «o la moto o yo», a escribirle cartas llenas de amor, explicándole mis motivos para quedarse con el auto y no tener de nuevo una moto.

A él no le gustó mi tono amenazante. No le gustó que un día, sentados en la puerta de su casa, mientras él fumaba un cigarrillo y yo me animaba a robarle pitadas, le dijera muy seria y mirándolo a los ojos que no podía seguir lidiando con esa situación, con la mala relación con su madre a causa de su obstinación por tener una moto, con su falta de claridad para ver que su conducta no solo era la de un niño que quería que le diesen un juguete que se le negaba; que también hacía daño a la gente que más lo quería, a quienes éramos los primeros en llegar cuando él entraba por la sala de emergencias del hospital. No le gustó nada eso, pero no me lo dijo en su momento.

Dejó pasar unos días, quizás unas semanas. Y de pronto un día que había quedado en ir a visitarme a mitad de semana a mi casa, me mandó un mensaje de texto diciendo que no podría llegar. Me sorprendió. En los dos años que llevábamos juntos, nunca me había hecho eso. Le contesté preguntándole si estaba todo bien. Me dijo que sí, pero no me quedé tranquila. La angustia me punzaba en el pecho. La intuición de que algo estaba mal gritaba en mi cabeza más fuerte que nunca. Mi amiga Isa, que se sentaba a mi lado en clase y además era una de mis amigas más cercanas en esa época, notó mi contrariedad y me preguntó si quería ir a su casa a pasar la tarde. Le dije que sí con absoluta certeza, porque lo último que quería en ese momento era estar sola.

Fue ya en la casa de Isa que lo llamé por teléfono. Me contestó con la voz distante. Me decía «mi amor, cómo estás», pero algo había cambiado, yo podía sentir algo distinto. Le pregunté dónde estaba, me contestó que estaba en el taller mecánico; le pregunté a quemarropa si estaba todo bien entre nosotros, me contestó que sí. Su respuesta no me dejó tranquila. Lo volví a llamar. Le dije: «Quiero que me digas la verdad». Se quedó unos segundos en silencio y sus palabras fueron: «Te sigo queriendo, pero ya no nos divertimos como antes».

¿Por qué estoy aquí?

19

Sus palabras entraron en mi pecho como pequeños cuchillos recién afilados. ¿Estaba terminando conmigo? ¿Me estaba pidiendo un tiempo? ¿Quizás solo espacio? Me dijo que iría al día siguiente a mi casa para hablar. Colgué el teléfono, volví al cuarto de mi amiga, donde ella me esperaba ansiosa, sentada en la cama. «¿Qué fue?», me preguntó. Con la mirada perdida en algún punto del suelo, apoyé mi espalda en su clóset y, cuando abrí la boca para dejar salir unas palabras, mis rodillas se doblaron y me derrumbé, como cuando un edificio se desploma en cámara lenta. Rompí en llanto, sin poder siquiera pensar si quería llorar frente a ella. Solo me quedó dejar que mi pecho convulsionara en un llanto amargo, mientras abrazaba mis piernas, ya sentada en el suelo.

Mi amiga me abrazó y los ojos se le humedecieron por verme así. «Todo va a estar bien, no sé cómo, pero todo va a estar bien», me dijo. «Va a terminar conmigo», le dije llorando, «va a terminar conmigo, yo lo sé». Lo que tanto había temido estaba ocurriendo. Mi peor pesadilla se estaba haciendo realidad. ¿Dónde había quedado su promesa de estar juntos para siempre? Porque, aunque ahora sonase ridículo, yo a mis quince años realmente le había creído cada una de sus palabras. Volví a mi casa con el corazón roto y no les dije nada a mis papás. Me resultaba humillante la idea de tener que decirles a mis padres, a mi familia, a mis amigos, que había terminado con Matías. Lo sentía como un fracaso. Y en cierta forma lo era.

Me fui a dormir sin comer, dormí mal, desperté antes que el despertador, me di una ducha, me vestí sin pensar bien lo que hacía, fui al colegio y durante el día fui un alma en pena. No me reía, no lloraba. Simplemente estaba. Era una presencia que ocupaba un espacio, un asiento en la clase, pero no hablé con nadie en todo el día.

Por la tarde volví a la vida cuando él llegó y me abrazó. Digo que volví a la vida porque lo primero que hice al verlo fue llorar, mientras lo abrazaba fuerte. Él me acariciaba la espalda y me decía «tranquila, todo va a estar bien». No terminó conmigo, pero me dijo que necesitaba estar un tiempo solo. ¿Cuánto tiempo? No dijo. ¿Por qué? No me quedó claro. Le pregunté si había alguien más, me dijo que no. Pero me dijo que quería vender el auto blanco y tener su moto y pasar tiempo en el taller mecánico, sin tener la presión de que yo estuviese esperándolo para hacer algo juntos. Traté de entenderlo y lo acepté. Aunque me doliera, lo acepté. ¿Qué me quedaba, mandarlo a la mierda ahí mismo? Eso debí haber hecho. Pero no pude, no en ese momento.

Se fue de mi casa dándome un beso en los labios y prometiéndome que volvería. Cuando cruzó la puerta, el vacío se volvió a instalar en mi pecho y en las pequeñas cosas que me hacían acordar a él. Sentía que no tenía más lágrimas para llorar, así que llamé por teléfono a mis amigas. Mi amiga María Luisa se mudó a mi casa una semana para acompañarme, o para que la ausencia de Matías pesara menos.

Yo me aferraba a sus palabras porque eran lo único que conseguía darme algo de paz. Cuando la angustia punzaba en el pecho y la soledad me rodeaba como una soga al cuello, me repetía que él me había dicho que volvería. Pero luego recordaba que también me había dicho que nunca me dejaría. Y en ese momento solo me quedaba ser testaruda conmigo misma y decirme que esta vez él iba a cumplir lo que me había prometido. «Un día a la vez», me decía, «pero ¿y si nunca regresa?». Y la realidad se me hacía insoportable. El tiempo pesaba, pasaba lento, recordándome que hacía dos años que no había hecho nada por mí misma. No tenía un *hobbie*, una pasión, algo que me sacara de la realidad y me llevara lejos, a un lugar donde yo pudiera encontrarme conmigo misma, y desde ahí, darme cuenta de que solo yo podía salvarme a mí misma. Luego descubriría que eso era escribir. Ojalá hubiera escrito lo que sentía en esa época. Creo que me hubiese dado cuenta de que estaba aferrada a un barco que se hundía. Pero cada proceso tiene su tiempo y yo tenía que enfrentarme cara a cara con mi mayor miedo: estar sola, o más concretamente, estar sin él. Y para mí, eso era como morirme.

Cinco días después de mi ruptura, mis amigas decidieron hacer un *ladies night* para animarme. Un viernes por la noche nos reunimos cinco amigas en la casa de mi amiga María Luisa con una botella de tequila. Sí, tequila. Yo, que no tomaba alcohol en esa época, pensé, al igual que mis amigas, que era una buena idea tomar cinco *shots*, uno tras otro. Por supuesto dos de las cinco chicas terminamos llorando abrazadas en la sala, otras dos se sentaron a resolver sus conflictos sentimentales, es decir, a decirse con brutal honestidad lo que a una le había molestado de la otra en las últimas semanas, y la última se encerró en el baño a vomitarlo todo. Pésima idea beber tequila, pésima idea beber cuando una está deprimida. Dormimos en colchones en el suelo, rodeadas de baldes. Fue una noche que no quisiera repetir. Pero debo reconocer como mérito personal el hecho de no haber llamado en medio de la noche o no haber mandado un mensaje de texto al que por tanto tiempo llamé amor de mi vida, y al que en ese entonces llamaba con amargura, y quizás todavía con aliento a alcohol, exnovio.

20

Dos semanas. Pasaron dos semanas en las que poco a poco fui recuperándome. Por supuesto, no lo había olvidado por completo, en realidad no lo había olvidado ni un poquito, pero por lo menos podía llevar mis días sin llorar, incluso ya era capaz de celebrar con una sonrisa una broma de algún amigo o amiga. A veces se me venía a la mente la idea de que no volvería más y, si bien me dolía, ya podía considerar eso como una posibilidad.

Habían pasado solo dos semanas cuando un viernes por la tarde sonó el teléfono de mi casa. Contesté, era él. Se me hizo un nudo en el pecho cuando escuché su voz. Me habló con la naturalidad que lo caracterizaba. Me invitó a una fiesta, pero me pidió que antes pasara por su casa para conversar.

Me bañé, me vestí y me arreglé como si fuera nuestra primera cita. Pedí un Taxi Seguro y fui a su casa. Cuando llegué, no hablamos mucho. Él me besó sin decir una palabra y luego hicimos el amor en su cama. Cuando me puse la ropa de vuelta, la misma ropa que hacía una hora había elegido con ilusión en mi casa, me di cuenta de que a mi blusa se le había salido un botón. Busqué a mi alrededor y lo encontré sobre la alfombra al lado de su cama. Lo metí en el bolsillo de mi pantalón para coserlo durante la semana. Luego fuimos a la fiesta y bailamos, nos reímos con nuestros amigos, como si nuestra separación no hubiese ocurrido. Pero el botón suelto en el bolsillo de mi pantalón era quizás una señal de que yo ya no era la misma de antes. No me lo quise admitir, no en ese momento. Preferí estar contenta porque habíamos vuelto a ser novios.

Era como si le faltara una pieza al rompecabezas. A pesar de mi felicidad, porque yo estaba feliz de estar de vuelta con él, eso era un hecho, algo no terminaba de encajar en mi cabeza. No podía olvidar que él había roto su promesa de estar juntos para siempre sin una, a mis ojos, razón poderosa. «Voy a tener más cuidado con creerle todo ciegamente», me dije en algún momento de la noche. Luego seguí bailando y me olvidé del tema.

Para cuando volvimos a estar juntos, Matías ya había vendido el auto blanco de su madre y estaba a la espera de su nueva moto, que no sé si ya estaba en el taller, o si todavía no había decidido cuál comprar. Yo no preguntaba por el tema de la moto y creo que fue eso lo que abrió una distancia entre nosotros. Yo prefería no preguntar sobre ciertos temas y él tampoco me contaba. Pero no fue solo eso lo que empezó a distanciarnos: yo empecé a desconfiar de él.

Un día me metí a su *email* para ver si le había llegado un correo que yo acababa de enviarle. Quería verificar si mi cuenta estaba teniendo problemas. Yo, la verdad, nunca entraba, a pesar de tener la clave. Y ni recordaba cuándo había sido la última vez que lo había hecho. Ni siquiera cuando terminamos entré para verificar si había alguien más: él me había dicho que no y eso me bastaba. Pero cuando ingresé esa vez algo llamó mi atención. Tenía correos de confirmación de usuario de distintas páginas de citas, o para buscar pareja. Pensé que podía ser *spam*, pero el nombre de usuario estaba creado y contenía su apellido. Raro. Muy raro. Lo llamé por teléfono y le pregunté qué era eso y me dijo que no sabía de qué hablaba, que seguramente era *spam*. A mí no me pareció *spam*, pero decidí creerle.

Matías tuvo su segunda moto y a mí no me quedó otra que aceptarlo. No me quedó otra que subirme con él, dejar que me llevase a toda velocidad por la autopista, como si mi vida no valiera, como si no hubiera un alto riesgo de sacarnos la mierda o de morirnos directamente, como si no fuera preocupante que pusiera mi vida en sus manos así. Puede que ir en la moto con él, a toda velocidad, a doscientos, doscientos veinte kilómetros por hora, de noche, por la autopista, haya sido lo más irresponsable que he hecho en mi vida.

Fue entonces cuando noté que sus amigos lo veían de un modo distinto. No solo por el simple hecho de usar una moto de carrera como medio de transporte en una ciudad como Lima, donde el tráfico era infernal, también por algunas cosas que él decía o hacía, muchas veces fuera de contexto, o simplemente fuera de lugar. Por ejemplo, una vez estábamos en una fiesta y metió una piedra en la cerveza de un amigo suyo. Su amigo no se molestó, pero tampoco encontró tan graciosa la broma, a diferencia de Matías, quien se reía sin parar. O, por ejemplo, si veía a un grupo de chicas, las mismas que en algún momento habían sido sus amigas cercanas, pero ya no lo eran tanto, decidía asustarlas haciendo un ruido fuerte cerca de ellas, o gritando para provocar una reacción. Lo conseguía, porque ellas se asustaban, pero luego lo miraban levemente extrañadas, porque siendo un sábado por la noche, estando en una fiesta en la que la mayoría solo conversaba y bailaba, la broma quedaba un poco fuera de lugar.

A mí esos pequeños momentos me daban algo de vergüenza ajena. Antes él se ponía el pareo de las chicas en la cabeza y ellas lo celebraban. Él reventaba un globo en un grifo, mientras gritaba «coche bomba», y en ese momento me parecía graciosísimo. Lo que hacía un par de años había sido divertido, ya no parecía serlo. Como si todos hubiésemos crecido y él no. Y él lo notaba y lo decía con orgullo: «Yo nunca voy a madurar».

«Bueno, deberías», yo pensaba a ratos. Mis amigos habían conocido su lado B desde el comienzo, así que no parecieron extrañados cuando lo vieron llegar en moto a la fiesta del fin de semana. «Siempre estuvo demasiado loco», me dijo un amigo riéndose, mientras pasaba a mi lado, como si eso yo ya lo supiera. Y a mí esos comentarios me afectaban. Yo no había visto ese lado suyo cuando lo conocí. Quizás no lo había visto porque estaba todavía encapsulado cuando nos enamoramos. O quizás siempre estuvo ahí y no lo vi. No lo sé.

21

Pasó más o menos un mes y Matías volvió a chocar en la moto. Esta vez fue grave. Se le cruzó una camioneta mientras él venía a toda velocidad y con el impacto, él rompió la ventana del parabrisas de la camioneta con la cabeza. El casco se rajó. La ropa de moto quedó destrozada. Esa casaca azul gruesa llena de placas protectoras que él usaba cada vez que se subía a la moto se rompió en pedazos. De más está decir que si no hubiese llevado el casco puesto se hubiera muerto, y aunque esto que voy a decir es duro, creo que, si se hubiera muerto en ese momento, hoy tendría un mejor recuerdo de él. Y era toda mi culpa, por supuesto, yo debí haberlo dejado en ese momento. Pero no lo hice. Porque, a pesar de que cada día que pasaba él se convertía en alguien completamente desconocido para mí, yo todavía lo quería.

El día de su accidente, yo estaba en el club con mi amiga Pía. Recibí una llamada a mi celular de la Clínica Anglo Americana. Mi reacción esta vez no fue muy parecida a la primera vez que me llamaron. No me preocupé tanto, pero debí hacerlo. Llegué a la clínica y, cuando entré al cuarto de emergencias que le habían asignado, a Matías casi no lo reconocí. La cara la tenía intacta, pero el cuerpo, es decir, la ropa, sobre todo el *jean*, que no había tenido protección, estaba completamente sucio, roto, como si hubiese pasado un mes en la calle. Y me daba pena que justo ese *jean* se estropeara, porque yo le había escrito «te amo» cerca del bolsillo con plumón indeleble. La camiseta y el suéter azul también estaban rotos, a pesar de haber estado debajo de la casaca azul con protección.

Él a primera vista se veía bien, salvo por algunos raspones serios en distintas partes del cuerpo, que fui descubriendo luego. El problema más grave estaba en su cabeza. Matías había perdido la memoria. Pero la había perdido de una manera curiosa, de una manera que yo no sabía que existía. Se olvidaba de todo lo que ocurría cada diez minutos. Apenas entré, lo saludé con frialdad y él me saludó con entusiasmo, como si no supiera lo que estaba ocurriendo. Pensé que se estaba haciendo el tonto, pero no tardé en darme cuenta de que en efecto no sabía lo que estaba ocurriendo. «¿Qué me ha pasado?», me preguntó con voz juguetona, y yo estaba a punto de mandarlo a rodar, cuando su hermano y su madre aparecieron, abriendo bruscamente la cortina celeste del pequeño cuarto de emergencias. Ellos al parecer estaban mejor informados que yo, porque no tenían buena cara. Detrás de ellos entraron dos enfermeras que, sin consultarme, me hicieron a un lado, destrabaron la camilla de Matías y la empezaron a mover hacia otra habitación. La madre, el hermano y yo empezamos a caminar detrás. Yo caminaba sin entender todo lo que estaba pasando, volvía a ser una espectadora ante cosas que ocurrían sin que yo tuviera control sobre ellas.

Lo instalaron en una habitación y entonces yo entendí que se iba a quedar unos días internado. «¿Por qué estoy aquí?», preguntó Matías, y su hermano le explicó que había tenido un accidente en moto. Su madre entraba y salía de la habitación, hablando con médicos y familiares. Quince minutos después, preguntó de nuevo: «¿Qué me ha pasado? ¿Por qué estoy aquí?». Su hermano le volvió a hacer la explicación, esta vez más detallada, usando dos llaves sueltas del llavero de Matías. Pero de nada sirvió tanto detalle. Quince minutos después volvió a preguntar, y mientras el hermano le hacía la explicación nuevamente, yo salí y busqué a la madre de Matías. La vi parada con el médico y me uní a la conversación, aunque no me hubiesen invitado. Escuché al doctor decir que era cuestión de días ver cómo mejoraba. Miré a los ojos al doctor y le dije: «¿Y si se queda así para siempre? ¿Cómo sabemos que va a mejorar?». Él me hizo toda una explicación médica que básicamente decía que nada era seguro, que el cerebro tenía que desinflamarse, que lo más probable era que dejara de repetir las cosas, pero que no lo podía asegurar al cien por ciento. Volví al cuarto donde estaba Matías, pero esta vez no podía sentir pena por él. Sentí que estaba en esa posición por testarudo, no por accidente. Me daba pena que el *jean* que le había regalado hubiese terminado deshecho, hecho un nudo, dentro de una bolsa de plástico. En un momento nos quedamos solos, me acerqué a él y le dije: «Tienes que dejar de hacer esto». Él me miró con ojos risueños y, como si yo no acabara de decirle algo, me dijo: «¿Por qué estoy aquí?». No le contesté, mucho menos se me ocurrió empezar a darle la explicación que su hermano le había dado ya unas cinco veces.

Su madre no le hablaba. Pero ahora estaba con nosotros en el cuarto, viendo sin ganas un programa tonto en la pequeña televisión colgada al extremo opuesto de la cama. También estaba el hermano de Matías y su novia, sentados a mi lado en el sofá cama del cuarto. Todos en silencio, viendo la televisión, salvo Matías, que ahora dormía. Alguien entró al cuarto de repente, era uno de los tíos de Matías, hermano de su papá. Matías despertó cuando lo escuchó entrar y lo saludó como si fuera domingo y estuvieran en casa de la abuela. El tío no estaba para tonterías, porque enseguida empezó a gritarle como solo un padre grita a su hijo, y le empezó a decir todo lo que yo había venido pensando ese último tiempo: que ponía a su familia y a la gente que lo quería en una situación incómoda, que él tendría que estar trabajando para ayudar a su mamá en vez de estar pensando en motos y carros de carrera como si fuera un niño, que todos esos accidentes costaban dinero y ni siquiera de eso se hacía cargo, que no por haber perdido a su padre tenía derecho a vivir su vida siendo un irresponsable, y muchas otras cosas más. Y mientras decía todo eso yo pensaba que eso era exactamente lo que Matías necesitaba: un padre con quien él fuera a ver carreras de autos, pero también un padre que lo pusiera en su lugar de vez en cuando.

Matías no se molestó con el regaño, tampoco se asustó o avergonzó. Lo escuchó con absoluta frialdad, con cinismo quizás. Esa actitud de Matías era desesperante para mí y ahora para el tío también, quien se acaloraba cada vez más, ante la completa indiferencia de su sobrino, que no se defendía, no alegaba; simplemente escuchaba con una media sonrisa. Cuando el tío terminó de vociferar, Matías se quedó dormido de nuevo. El tío se sentó a mi lado y me preguntó si Matías estaba consumiendo drogas. «No», le contesté. «No, que yo sepa», agregué.

22

Después de ese accidente, Matías se quedó sin auto y sin moto. Tampoco tenía plata ahorrada como para comprarse otra moto, así que no tuvo otra opción que estar tranquilo por un tiempo.

El año estaba por terminar y yo me graduaba del colegio. Yo había ingresado directo a la universidad por ser parte del tercio superior de mi promoción, es decir, por buenas notas. Solo tuve que ir un día a la universidad, presentar un certificado que me dio el colegio que acreditaba mis buenas notas y ya, entré a la universidad. Sin examen de ingreso, sin grandes celebraciones. La relación con mis padres había mejorado bastante. Ellos se habían resignado a la idea de que me quedara en Lima y de que Matías era parte de mi vida, con todos sus accidentes. Yo me sentía bastante contenta con mi vida, quizás porque no tenía grandes aspiraciones. Elegí estudiar psicología, porque, dentro de las pocas opciones que te ofrecían las universidades, era la que más iba con mi personalidad. Yo había elegido y seguía eligiendo estar con Matías: esa era una manera de estudiar psicología también. Y la verdad era que en su momento sí me veía teniendo un consultorio y escuchando a la gente. Siempre me gustó escuchar a la gente, más antes que ahora, pero en ese entonces era parte de mi personalidad.

Tenía tres meses de vacaciones de verano antes de que comenzaran las clases en la universidad. Me hacía ilusión. Me sentía ya grande, por decirlo de alguna manera, o al mismo nivel de Matías. Porque cuando recién estaba con él, lo veía como si fuera mucho más grande que yo en todo sentido, a pesar de que me llevaba solo cuatro años. Pero, claro, a esa edad cuatro años era un montón. Además, a diferencia de mí, era realmente bueno en las matemáticas, tanto como para estudiar Ingeniería Industrial, y eso me hacía admirarlo. Quizás por eso nuestras amistades nos decían que nos complementábamos muy bien. Quizás tenían razón.

Creo que una de las cosas que más me gustaban de estar con Matías era que nuestros encuentros sexuales siempre tenían que ser furtivos, a escondidas. Mis padres no tenían la más pálida idea de que yo me estaba acostando con él, pensaban que nos dábamos besos nada más, y su madre supongo que era algo más suspicaz, y la verdad era que mucho no parecía importarle el tema, porque no tenía problemas en dejarnos solos en la casa. Y cuando eso ocurría había que improvisar, porque a veces su hermano podía llegar de pronto, o la empleada podía haberse olvidado algo que la hiciera regresar, o podía estar todavía en el primer piso limpiando. Nuestras sesiones amatorias no eran largas y románticas. Eran apuradas y bajo el edredón de su cama, casi siempre sin quitarnos completamente la ropa, por si llegaba alguien y había que vestirnos rápidamente y hacernos los dormidos.

Alguna vez ocurrió que llegó su hermano en un momento en que definitivamente no tendría que haber llegado y yo no podía encontrar mi pantalón, que se había perdido debajo de las sábanas, y tuve que ponerme una camiseta de Matías para que cuando pasara frente al cuarto por lo menos no me viese desnuda. Pero estaba claro que él sí sabía que nosotros teníamos sexo, así como yo sabía que él tenía sexo con su novia.

Ahora siento obvio y hasta natural que dos adolescentes que son novios tanto tiempo tengan relaciones. Pero en esa época no hablaba de ese tema, al menos no lo hablaba con la novia del hermano de Matías.

Pero alguna vez estábamos de campamento y salimos a caminar los cuatro y de pronto ellos se perdieron, y yo, asumiendo que habían regresado, le dije a Matías para entrar a las cuevas que estaban frente al mar. Él no me dijo que sí, pero tampoco que no, y yo empecé a caminar hacia ellas y luego empecé a correr, porque la arena me quemaba los pies. Matías empezó a correr detrás de mí y, mientras corría, lo escuché silbar y en ese momento no entendí bien, pero luego supe que era una manera de hacerle saber a su hermano, que estaba adentro de las cuevas con su chica y yo no lo sabía, que alguien se acercaba. Cuando entré, vi y no vi lo que estaba pasando. Me di cuenta de que los había interrumpido y me sentí fatal. Fue un momento incómodo para todos. Así vivía, sin saber realmente lo que pasaba a mi alrededor.

Cuando no había una moto de por medio, yo sentía que todo estaba bien entre nosotros. Recuerdo mi cumpleaños, recuerdo mi ceremonia de graduación, recuerdo esa Navidad. Para mi cumpleaños me invitó a comer a un lugar lindo y me hizo más de un regalo. Yo cumplí diecisiete ese año. En mi graduación se le veía muy orgulloso, quizás porque su novia ya era oficialmente una universitaria (creo que en algún momento sus amigos lo molestaron por tener una novia que todavía estaba en el colegio), y nos tomamos una foto que hasta el día de hoy está entre mis papeles. Esa Navidad la pasamos como todas las anteriores, un día con su familia, otro día con la mía. Como esposos, o como novios que ya saben que se van a casar. Recuerdo que esa Navidad me regaló una billetera, me escribió una carta linda, y una camiseta de corredora de autos. Ese último regalo no lo entendí bien, por un momento pensé que podía ser un disfraz, porque era una camiseta superpegada al cuerpo, de color azul eléctrico, con miles de parches de «auspiciadores».

No pude disimular mi cara, o quizás él me conocía tan bien que enseguida notó que ese regalo no había sido mi preferido, porque me dijo: «¿No te gustó, cierto?». Y yo no quise hacerlo sentir mal y le dije que sí, que me había encantado, pero en esos momentos tenía la impresión de que se había instalado una distancia entre nosotros.

Y yo al comienzo pensé que esa distancia era únicamente la moto y los autos de carrera, todo aquello que me remitiera a esos dolores repentinos de cabeza, a las tantas placas que le hicieron al cerebro, a sus eventuales ganas de no estar vivo para estar con su padre, a esa punzante duda de qué estaba pasando realmente con él. Pero me di cuenta de que la distancia era más que una moto, cuando un día cualquiera, después de que él se fuera de mi casa, lo llamé al celular para decirle que se había olvidado algo en mi cuarto. No me contestó. Lo llamé a su casa, no estaba. Había pasado más de una hora, ya tendría que haber llegado. ¿Dónde podría estar? No tenía idea.

Dj Chantaje

23

Fue entonces cuando me di cuenta de que después de despedirse de mí no se iba directamente a su casa. Se lo pregunté y,
tras mucho presionar, me dijo que estaba yendo a «los piques».
«¿Qué mierda es eso?», me pregunté. Eran carreras ilegales de
autos, en un lugar apartado, a unos veinte minutos de su casa.
Unas treinta personas se reunían ahí algunos días de la semana
a medianoche a competir, a ver qué auto era el más rápido en
una distancia relativamente corta. A menudo llegaba la policía
y todos se subían a sus autos y salían apurados, antes de que la
policía pudiera agarrar a alguien.

Por un lado, no me gustó que participara en esas actividades, pero por otro me dije que no podía ser tan controladora,
que tenía que entender que él ya no tenía auto ni moto y que
quizás era su manera de atender esa necesidad suya por la
adrenalina, por el olor a caucho quemado, por escuchar esos
motores ensordecedores. Le dije que me llevara un día. Fui,
pero no me gustó. No me gustaron sus nuevos amigos. No me
gustó el ambiente. ¿Estaba siendo autoritaria? ¿Estaba haciendo lo que él hizo conmigo, cuando me dijo que no me podía poner esa determinada ropa? No sabía. Lo que sí sabía era
que nada de eso me daba una buena espina.

La verdadera distancia entre nosotros no surgió por la moto o los autos, sino porque él seguía desapareciendo a ratos. Y yo lo llamaba a su celular a las dos de la mañana y me decía que todavía estaba en «los piques», que recién iban a comenzar, porque habían estado rondando policías. A veces sí se escuchaba el motor de los autos rugiendo a lo lejos y yo me decía «estás loca, deja de pensar que te miente», porque eso es lo que yo sentía. Yo sentía que me mentía. Así como sabía que me quería, tenía la constante sensación de que no estaba siendo cien por ciento sincero conmigo.

Llegaba a su casa a mediodía y lo encontraba durmiendo. Me echaba a su lado, como esos fines de semana que él se había sentido mal y me había quedado acompañándolo. Me daban la una, una y media, y no despertaba. Mi estómago empezaba a rugir, pidiéndome almuerzo. La madre de Matías no estaba. Cada vez pasaba más y más tiempo en el casino. Había días en que desaparecía todo el día y solo llegaba por la noche a dormir. A mí me daba la impresión de que ella se había empezado a creer el cuento de que le estaba ganando al casino, que estaba ganando plata jugando a la ruleta. Porque una vez me enseñó unos números, un esquema de probabilidades que ella había diseñado o estudiado y que, según decía, era la fórmula infalible para ganar una plata jugando a la ruleta. «Solo hay que saber retirarse a tiempo», me dijo, mirando los números en la pantalla. Le creí, por supuesto. No debí.

Un día estaba echada al lado de Matías, viendo televisión mientras él dormía, y la empleada entró y, mientras ponía la ropa de Matías lavada y doblada en su cama para que él la guardase luego, me dijo: «Ha llegado a las seis de la mañana, no se va a despertar». Me lo dijo y se fue, y yo lejos de pensar que era una chismosa o una intrigante, le agradecí en silencio. Agradecí que por fin alguien me diera información real, por más dura que fuese. Me paré de la cama, ordené la ropa en su cajón, de paso ordené la ropa de cada uno de sus cajones, que estaba toda revuelta. Ordené las camisetas, los pantalones, colgué las camisas y los suéteres. Cerré el clóset y luego me senté en la computadora. En su computadora. Me metí a ver sus últimas búsquedas en internet. Me metí a su WhatsApp, me metí a su correo. No encontré nada. Por supuesto me sentía una loca por hacer esas cosas. Fui caminando a la bodega de la esquina para comprar algo de comer. Cuando volví, él seguía durmiendo.

Y eso mismo se empezó a repetir cada fin de semana que iba a su casa. «¿Te quedaste en los piques hasta tan tarde?», le preguntaba, y me decía que sí, que dónde más iba a estar. Y yo, que revisaba su celular y su computadora mientras él dormía, no encontraba pruebas de que me estuviera mintiendo. Era solo una intuición de que algo no estaba bien.

Yo no estaba tranquila, no podía estarlo. Y entonces un día, una tarde, en mi casa, desde mi computadora, entré a una de las páginas de citas que había visto en su correo. Me creé una cuenta equis y entré a una especie de chat grupal o comentario que era público. Se discutía un tema o una foto en particular. No recuerdo bien. Lo que sí recuerdo es que busqué el nombre de usuario que había usado Matías para registrarse y encontré, en el chat grupal, un comentario hecho por su mismo nombre de usuario, hacía unos meses: «Amo a mi novia, pero siento que tengo que experimentar con otras mujeres».

Por supuesto, gran error, lo primero que hice fue esperar a la tarde, a una hora en que estuviera despierto, lúcido, listo para enfrentar una mala noticia o una confrontación con la verdad, sin comentarios esquivos, sin risas tontas, sin «no sé de qué me estás hablando». Lo llamé a su casa, le dije que teníamos que hablar con urgencia, que estaba en camino a su casa.

Lo negó todo. Lo negó, a pesar de que le dije: «No me importa si es verdad y si quieres hacerlo, lo entiendo, te entiendo». Luego dije algo que ahora encuentro un poco más grave: «Si tu primera vez fue conmigo y nos vamos a casar, entiendo que quieras saber cómo es el sexo con otras mujeres. Por mi parte no hay dudas, pero si tú quieres averiguarlo, lo entiendo».

Mi brutal sinceridad, o mi absurda entrega, no bastó. Primero me dijo que no quería experimentar nada con nadie, que qué hacía yo entrando a esas páginas de citas, que seguramente lo había escrito alguien haciéndose pasar por él. Y en ese último punto, no parecía estar delirando por completo, porque hacía dos fines de semana que había empezado a tocar como DJ en una de las mejores discotecas de Lima. No era el DJ principal, pero había entrado a la cabina como invitado y había tomado el puesto por una o dos horas, y a la gente parecía haberle gustado. Entonces una nueva faceta aparecía en él. Primero la tabla, luego la bici, luego la moto, luego los piques, ahora DJ. Él y sus mil y una facetas. Y yo, viviendo mis días con la expresión de quien sale a la calle y se pregunta si va a llover, yo era siempre la misma, colgada en la duda de qué carajo estaba pasando entre nosotros.

24

Él de pronto era mínimamente famoso. Empezó a hacerse conocido como DJ Harrix. A mí su repentina notoriedad social no me incomodaba, siempre y cuando eso lo mantuviera alejado de las motos. Empezó a ganar algo de plata, cosa que hizo feliz a su madre. A mí me gustaba que fuera DJ porque de alguna manera lo reconectaba con la gente. Lo que no me gustaba era que ya no podía estar en la fiesta con él, bailando y conversando. Ahora él estaba concentrado en la música que ponía y bueno, al final del día ese era su trabajo.

Matías se apasionó con la música. Pasaba horas sentado frente a la computadora mezclando canciones y sonidos con un programa para hacer música. Tenía una nueva pasión que no ponía su vida en peligro y a mí eso me alegraba. Al comienzo me desconcertaba un poco pasar los fines de semana en mi casa o donde alguna amiga. Hacía ya tres años que los pasaba con él y solo con él. A veces iba con mis amigos a la discoteca en la que tocaba, pero no podía conversar con él. Era raro verlo de lejos, concentrado en lo suyo, metido en su mundo. Era raro, pero era mejor que verlo encima de una moto, a toda velocidad, sin saber si llegaría vivo a su casa.

Fue entonces cuando Matías comenzó a trabajar en una discoteca en Barranco. Tocaba todos los viernes y sábados. La discoteca a veces abría los jueves y entonces él iba. Le pagaban por noche. Entraba a las ocho de la noche y se quedaba más o menos hasta las cinco de la mañana. Trabajaba toda la noche y parecía el trabajo perfecto para él. Nunca lo vi tan enfocado, responsable y comprometido con algo. La discoteca se puso de moda y empezaron a pagarle muy bien. Empezó a ahorrar para lo que me decía que sería un auto, aunque a veces me decía que a lo mejor se compraría una moto, y yo sentía que me decía esas cosas para probarme, para ver mi reacción. Yo no le respondía nada, no se me ocurría decirle otra vez «la moto o yo», porque no quería pelear y porque sabía cuál sería la respuesta. Había un lado de mí que me empezaba a decir «que haga lo que quiera». Y aunque el tema de la moto no me era indiferente, sí se había instalado en mí una sensación de hartazgo. Me hacía bien ignorar el tema, dejar de preocuparme, dejarlo en manos del destino.

La discoteca se puso de moda y nuestros amigos empezaron a ir de vez en cuando. Yo lo acompañaba en la cabina de DJ a ratos. Otras veces bajaba y bailaba con mis amigos y amigas. Cuando estaba arriba con él, me gustaba tomar sorbos de su cerveza. Él nunca fue de tomar mucho, pero cuando estaba poniendo música se pedía una cerveza superhelada y a veces hacía calor en la cabina y yo tomaba sorbos para refrescarme, pero esos sorbos me fueron gustando y eventualmente cada uno pedía su cerveza. Me gustaba estar parada a su lado, ahí en la cabina elevada, mirando a todos bailar. Me sentía una reina, me sentía su reina. Algunas veces lo acompañaba hasta que terminaba la noche y salíamos del lugar completamente sobrios, tomados de la mano, con los pájaros cantando encima de nosotros. Tomábamos un taxi que paraba primero en mi casa y luego en la suya.

Tanto tomar taxi hizo que Matías le planteara a su madre la posibilidad de comprar un auto a medias. Le dijo que se le estaba yendo gran parte de su sueldo en tomar cuatro o hasta seis taxis durante el fin de semana. Le dijo que los taxis le cobraban caro porque la distancia entre la discoteca y su casa era larga, y encima siendo fin de semana los precios subían.

Matías le dijo que había visto un auto Peugeot azul para hacer *rally* con jaula interna protectora. Si mal no recuerdo, el modelo era 306. Era un auto chico, azul marino, cuyo tubo de escape prometía no hacer mucho ruido. Y si bien las palabras *rally* y jaula no sonaban muy bien, por lo menos era mejor que una moto. Era una buena señal que Matías estuviese ilusionado con un auto y no con una moto, pudiendo comprarse una. A él le alcanzaba para la moto, pero para comprarse el auto sí necesitaba el apoyo económico de su madre. No sé cómo hizo, pero convenció a su mamá. Entonces ahora estaba extático. Tenía un trabajo que le encantaba y ahora iba a tener lo que él decía que era «el auto de sus sueños». Parecía ser el mejor verano de su vida.

Yo estaba en modo espectadora, sentada en la tribuna, viendo la pelota moverse de un lado al otro. Él me abrazaba y me besaba cada vez que podía, me miraba a los ojos y me decía que me amaba. Cuando llegaba a mi casa, me traía mis chocolates preferidos y, al irse, me escondía notas debajo de mi almohada, diciéndome cuánto me quería. Matías parecía encantado con su nueva vida de DJ y yo me decía que lo único que podía hacer por mí era esforzarme en la universidad cuando comenzara a fin de verano, los primeros días de abril. También podía pasar más tiempo con mis amigas y eso hice. Empecé a tener amigos hombres. Y a Matías, que antes me había controlado hasta los centímetros del largo de mi camiseta, no parecía molestarle. Estaba tan metido en lo suyo que ya ahora no le parecía grave que me pusiera un escote o que enseñase la barriga. Al ver ese cambio, no pude evitar preguntarme si su indiferencia hacia mi ropa era porque me estaba dando más libertad o porque ya no le importaba como antes.

Cuando había reuniones en casa de algún amigo o amiga de mi colegio, yo no iba a la discoteca, me iba con mis amigos, y aprendí a pasarla bien cuando él no estaba a mi lado.

Todo estaba tranquilo de nuevo, hasta que un día llegué a la casa de Matías y estaba peleando con su madre. Me quedé en el primer piso, decidí no subir para no interrumpir. Traté de descifrar cuál podría ser el motivo de la pelea. No tardé mucho en darme cuenta de que peleaban porque su madre le había dicho que ya no le compraría el auto azul para hacer *rally*. Matías estaba devastado y le decía, con la voz entrecortada: «Tú me lo habías prometido». Me senté en la mesa del comedor y empecé a hacer figuras de origami con una servilleta que encontré por ahí. Los gritos no paraban. En algún momento pasó caminando el perro Schnauzer y me senté en el piso a acariciarlo.

Sentí los tacos de la madre de Matías bajar las escaleras. Me quedé sentada en el comedor y rogué que no pasara a mi lado. No lo hizo. Cruzó la puerta y se fue. No llevó su auto, había un taxi esperándola afuera.

25

Subí las escaleras y me encontré con Matías de pie, caminando de un lado al otro, completamente fuera de sí. Su respiración estaba acelerada, tenía los ojos llorosos. No estaba llorando, solo tenía los ojos húmedos. Lo abracé. Me abrazó sin ganas. Me senté con él en la cama, le dije que no era el fin del mundo, que podía ahorrar un poco más y comprar el auto cuando tuviera el dinero. Me dijo que no podía esperar, que la persona que estaba vendiendo ese auto le había dicho que tenía otro comprador y que solo lo esperaría hasta esa semana. Le dije que quizás entonces ese auto no era para él, que seguramente encontraríamos otro igual de genial. Pero él no solo no estaba de acuerdo, yo no estaba muy segura de que me estuviera escuchando. Miraba a un punto fijo en el suelo y respiraba como si le faltara el aire. Yo, en esos momentos, lo sentía lejos, porque me daba cuenta de que su felicidad no dependía de las mismas cosas que la mía. Mi felicidad dependía de que todo estuviera bien con él, de que no se accidentara, de sentir que su cariño por mí seguía siendo el mismo que cuando caminábamos por el club tomados de la mano sonriendo, como si nada más importara. Y en esos momentos me daba cuenta de que quizás él tenía otras prioridades.

Se puso de pie y agarró su casco de moto que estaba en algún rincón de su clóset. El casco estaba completamente rajado por un lado y ya no tenía el visor por el último accidente. Traté de entender qué iba a hacer, por supuesto no pude. Matías bajó al primer piso y fue hacia el lugar de la cocina donde colgaban las llaves. Sacó las llaves del auto de su madre. No entendí un carajo. Caminé con él al garaje de la casa. Matías apretó el botón de las llaves y las luces del auto tintinearon como diciéndole «estoy contigo». Matías volteó bruscamente y me dijo: «Vas a llamar a mi mamá y le vas a decir que tiene cinco horas para pensar bien si quiere comprarme ese auto o no». Lo miré sin entender. Él siguió: «Voy a manejar a Ticlio, voy a buscar un precipicio. Llegar hasta allá me va a tomar más o menos cinco horas. Si no he recibido una llamada de mi madre diciéndome que me va a comprar el auto, me voy a tirar».

Yo me quedé sin palabras. Por supuesto me asusté, le creí. Lo creía capaz. Yo había visto cuán poco le importaba su vida, las ganas que tenía de, según él, estar de nuevo con su padre. Traté de detenerlo, de convencerlo de que estaba haciendo una locura; le dije que por favor pensara en mí, ya no sabía qué más decirle. Le imploré, con lágrimas en los ojos, pero fue imposible hacerlo cambiar de opinión. Vi cómo la puerta del garaje se levantaba lentamente, vi cómo la camioneta verde de su madre salía, conducida por un tipo que llevaba un casco de moto puesto. «En qué me he metido», me dije, antes de correr a la casa para sacar mis cosas. Agarré mi celular y llamé a la madre de Matías, pero no contestó. Llamé una, dos veces. Llamé cinco veces. Esperé unos minutos, a ver si me devolvía la llamada. No me contestaba. El corazón empezaba a latirme cada vez con más prisa, y en mi cabeza aparecía la pregunta «¿se tirará del precipicio en serio?». No lo sabía, pero tenía la duda. No podía decir con certeza que sí, pero tampoco podía decir que no. Me di cuenta de que la madre de Matías no iba a devolverme la llamada y que tenía que ir a buscarla al casino. Había una posibilidad de que no estuviera ahí, pero lo más probable era que sí.

Caminé con prisa al paradero de taxis y me subí a uno cuyo conductor tenía cara de «buena gente». Por supuesto había tráfico y ya había pasado media hora desde que Matías se había ido. Yo miraba el reloj de mi celular como si fuera una bomba de tiempo. Nos estancamos en un tráfico que no se movía, porque había ocurrido un accidente. Yo me quería morir, la angustia me presionaba el pecho, pero me decía «tranquila, él dijo cinco horas».

Una hora después, estaba parada frente al casino más grande y conocido de Lima para dar la peor de las noticias. Se supone que todo lo que ocurre dentro de un casino está ligado a las risas, a la emoción, a la adrenalina. Pensé que quizás la madre de Matías no era tan distinta a él. A fin de cuentas, ambos buscaban emociones fuertes para salir de la realidad. Y a mí me preocupaba lo que ocurría con ella en ese casino. Me preguntaba hasta qué punto era verdad que estaba ganando dinero, que solo se estaba jugando el presupuesto mensual que había designado cuidadosamente para apostar y perder, sin que eso afectase su patrimonio personal, o el de su empresa.

Traté de abrir la puerta principal, pero no solo la encontré muy pesada, sino que enseguida se apareció un hombre alto, corpulento, todo vestido de negro y un auricular con una especie de micrófono muy delgado pegado en la mejilla. «Señorita, su DNI, por favor», me dijo, mirándome con mala cara, como si ya supiera que era menor de edad. Yo también lo miré con mala cara, y con el corazón a mil le dije: «No vengo a jugar, necesito hablar con alguien que está ahí adentro, es una emergencia». Me preguntó a quién buscaba y le dije el nombre completo de la madre de Matías. «La vamos a llamar», me dijo y unos minutos después las puertas que yo había encontrado pesadas hacía un momento se abrieron de par en par, y apareció la madre de

Matías caminando enérgicamente hacia mí, con cara de susto. «¿Qué pasó ahora?», me preguntó furiosa, tanto que parecía que estaba molesta conmigo. Las palabras salieron tropezando de mi boca: «Se va a tirar, se va a tirar de un precipicio, está manejando a Ticlio, se va a tirar si no le compran el auto. Dice que lo llamen a su celular». La madre de Matías se dio media vuelta y, sin decirme nada, caminó decidida de vuelta al casino. Yo me quedé ahí sentada, pensando «¿qué hago, la espero aquí?». Supuse que había entrado para llamarlo por teléfono.

Unos minutos después, volvió a salir, caminando ya menos rápido, y me dijo: «Ya está, ya le dije que sí le voy a comprar el auto». Yo asentí con la cabeza y tuve ganas de decirle que yo no había tenido nada que ver con la operación, que él solo me había utilizado como mensajera, que yo no estaba de acuerdo en cómo había actuado. Pero no pude decirle nada de eso, porque la vi muy decepcionada, y porque las palabras se me quedaron revueltas en algún lugar. Cuando pude ordenarlas por fin, ella ya había cruzado la puerta del casino y las puertas se cerraban lentamente, como si fueran pesadas otra vez.

26

Matías tuvo su auto azul. No era un azul cualquiera, era azul eléctrico. A mis ojos, el auto era bonito, o por lo menos no era feo. No me disgustaba. Y no me hacía pasar vergüenzas como ese auto blanco cuyo tubo de escape hacía un ruido atroz.

El auto azul no tenía asientos en la parte trasera, tenía solamente dos asientos en forma de butaca y los cinturones no eran los convencionales, eran estilo arnés. Se amarraban dos por los hombros, dos por la cintura, y uno por entre las piernas. Todos se unían en una enorme hebilla metálica que hacía clic cuando los cinco cinturones estaban reunidos. La jaula parecía una buena protección en el caso de que llegara a tener un accidente.

Como el auto era de *rally* y no de piques, fuimos un par de veces a un lugar donde se reunían los autos de *rally* a hacer carreras sobre suelo arenoso. Los autos se parecían mucho al de Matías y la gente me cayó mejor que los que hacían piques. Cada auto entraba por turnos al circuito y había alguien que medía el tiempo. Ganaba el que hacía el menor tiempo. Cuando le tocó a Matías, yo estaba sentada a su lado y la verdad, era divertido. Me sentía segura, no en peligro como con la moto. Él era realmente bueno conduciendo.

125

Cuando terminó la carrera, nunca me enteré de quién ganó. Todos los participantes estacionaron sus autos a un lado y se bajaron a conversar y tomarse fotos. Por ahí había un reportero con una cámara de un programa de deportes que empezó a entrevistar brevemente a los que habían hecho el circuito. En ese momento, Matías decidió que estaría bien entrar de nuevo al circuito y hacerlo una y otra vez. Yo me daba cuenta de que no era una buena idea, simplemente porque las carreras ya habían terminado y no parecía apropiado. No le dije nada, pero a la tercera vez que estábamos haciendo la carrera, vi un auto siguiéndonos. Matías también se dio cuenta del auto y aceleró, trató de dejarlo atrás, de humillarlo. Entonces el conductor le hizo saber a Matías que él no estaba jugando a perseguirlo. Dejó de seguirnos y se estacionó en un punto en medio del circuito, bloqueando el camino. Matías tuvo que frenar en seco cuando, después de dar una curva, vio el auto negro estacionado frente a él. Se detuvo. La puerta del auto negro se abrió y de él se bajó un tipo grande, que caminó hacia Matías como si lo conociera y no le tuviera miedo. Matías bajó la ventana y el tipo puso una mano en la puerta, como si eso fuese a detener el auto en caso de que Matías decidiera acelerar y huir. Lo llamó por su nombre apenas empezó a hablar, le dijo que ya las carreras se habían terminado, que estaba levantando polvo e incomodando a la gente, y luego dijo algo que me detuvo el corazón: «Y si no estás de acuerdo, te bajas ahora mismo y lo arreglamos como hombres». Yo, en ese momento, dije «se jodió Matías, porque se va a bajar del auto sin pensarlo dos veces». Pero Matías me sorprendió, le estrechó la mano y le dijo: «Mil disculpas, no sabía que estaba incomodando a los demás». Y yo me quedé avergonzada, porque todos habían visto la escena y después de eso no nos quedó otra que irnos. También me quedé sorprendida de que no hubiese querido pelear, entonces le pregunté si lo conocía y me dijo que sí, que sabía quién era, que lo había visto peleando en un entrenamiento de Muay Thai. «Le dicen El Oso», me dijo. «Ese tipo me agarra y me mata».

Si bien me pareció prudente lo que hizo Matías, me quedé pensando en la enorme distancia que había entre lo que yo pensé que él haría y en lo que él había hecho. Yo, a ratos, estaba muy segura de conocerlo, pero luego pasaban estas cosas que me dejaban pensando que quizás había idealizado a Matías, lo había puesto en mi cabeza como un superpoderoso, como alguien que no le tenía miedo a nada ni a nadie, como alguien que siempre se salía con la suya.

Otro momento en el que lo vi «perder» fue una vez que estábamos en el club de campo, pasando el día con sus amigos. Estábamos haciendo una parrillada para despedir el verano, las clases estaban por comenzar. Yo me había hecho medio amiga de las novias de sus amigos. No eran cercanas, pero sí nos llevábamos muy bien. Estábamos todos conversando, sentados en la mesa de madera rústica al lado de la parrilla, cuando vimos a Matías y a un amigo suyo revolcándose en el suelo. Estaban jugando peleas en broma. Yo, por un momento, tuve el temor de que la cosa escalara, pero se veían las sonrisas en sus caras, así que la preocupación se esfumó pronto, sobre todo porque yo tenía la certeza de que esa pequeña peleíta la ganaría Matías. Pero, de nuevo, me equivoqué. Matías quedó debajo de su amigo no una, sino varias veces.

Recuerdo que me molesté con él. Me molesté porque sentí que por mucho tiempo lo había idealizado y me había enamorado de alguien que a lo mejor no existía. O que existió y ya no existía más. No le hablé lo que quedó de la tarde. Lo ignoré por completo. Me reía y conversaba con mis nuevas «amigas». Él, a ratos, se acercaba y me preguntaba «qué te pasa, por qué estás molesta» y yo le decía que no me pasaba nada. Porque no podía decirle que estaba molesta con él porque había perdido esa pelea de mentira con su amigo, porque no había peleado con

El Oso al menos para quedar bien conmigo, porque me había utilizado para chantajear a su madre, porque me había quitado horas de sueño todas las madrugadas que lo llamaba al celular y no me contestaba, porque quería tener sexo con otras mujeres y no me lo decía, porque había terminado conmigo cuando la promesa era estar juntos en las buenas y en las malas, porque me había hecho pelear con mi mejor amigo, porque me había obligado a usar pantalones y ropa gruesa en pleno verano para ir al colegio, porque me había hecho creer que era un hombre feliz, alguien en quien yo me podía apoyar, cuando en el fondo estaba aún más herido que yo, porque de pronto yo sentía que me había aferrado a una balsa que se hundía poco a poco.

¿Quién es él realmente?

27

El verano se terminó y yo empecé la universidad. Hice amigos.
Me vestía como quería, sin pensar en que Matías podía hacerme un comentario sobre lo que llevaba puesto. En ese sentido, me parecía que habíamos madurado. Ambos nos dábamos
más libertad. Yo tenía clases durante la mañana. Mi primera
clase comenzaba a las siete en punto y mi última clase terminaba alrededor de la una de la tarde. Yo aún no había cumplido
dieciocho, no podía sacar una licencia de conducir. Así que iba
en bus a la universidad. Pretender ir en taxi significaría hacer
un presupuesto aparte, y yo no quería pedirles eso a mis padres, que ya estaban pagando mis estudios medio a regaña-
dientes, porque su plan original era mandarme a Alemania a
estudiar. Así que durante seis meses desperté todos los días a
eso de las cinco de la mañana, porque la universidad no me
quedaba cerca y, por supuesto, el bus siempre demoraba más
que el taxi. No recuerdo haberlo hecho con pesar, recuerdo que
me gustaba lo que estaba estudiando. Me despertaba la alarma
del celular, me daba una ducha rápida, comía algo y caminaba
al paradero. Por supuesto, me ocurrió más que una vez que
veía hombres en estado de ebriedad, que caminaban arrastrán-
dose hacia lo que debían ser sus casas. Eso me ponía nerviosa,

porque nunca sabía si me iban a decir algo inapropiado. Pero no, los borrachos casi nunca advertían mi presencia. Eran los conductores de los buses, los cobradores de combi, los que me miraban con descaro y me soltaban piropos como si estuvieran en su derecho a hacerlo. Como si ellos tuviesen el derecho de decirle adjetivos a una mujer desconocida en plena calle. Yo hacía como que no los veía o escuchaba, y era mejor así, porque alguna vez traté de hacerle un gesto de asco a un conductor de combi y fue peor, le gustó verme reaccionar. Fue así como concluí que era mejor ignorarlos.

Matías tenía clases por la tarde. Y yo a esa hora ya estaba de regreso en mi casa. Él, que no estaba en su primer año y podía elegir su horario, prefería estudiar de tarde-noche, y terminaba a las diez de la noche, hora en que cerraba la universidad. Por eso a veces pasaban un par de días y no nos veíamos. Hablábamos por teléfono al terminar el día, antes de acostarnos. Aunque, al colgar, a mí ya no me quedaba tan claro que él se estaba yendo a dormir. Yo sabía que pasaba la mayor parte de la noche despierto. Supuestamente haciendo un CD de música para poner el fin de semana. Yo no tenía tiempo ni ganas de monitorear la hora exacta en que cerraba los ojos. Yo sentía que todo estaba bien entre nosotros y a eso me aferraba. Pero siempre que sentía que podía aceptar con calma lo que ocurría a mi alrededor, pasaba algo que rompía mi equilibrio. Esa vez no fue una moto, no fue un accidente. Esa vez la madre de Matías perdió la casa en el casino.

¿En qué momento pasó? No lo sé. Yo había visto que su madre pasaba más tiempo en el casino que en su propia casa, pero nunca me imaginé que había puesto en juego su casa, la casa donde vivían sus dos hijos. Lo supe cuando Matías vino un día por mí y fuimos al club a almorzar y estábamos caminando tomados en la mano por ahí, cuando me dio la noticia, me dijo que su tío, el hermano de su madre, que vivía en Chile, y a quien le iba muy bien económicamente, estaba viajando a Lima para ayudarlos.

El tío llegó a Lima, los conocí a él y a su familia. Muy encantadores. Y en una semana mudaron a Matías, su hermano y su madre a un lindo edificio en Camacho. Era, sin duda, un mejor lugar, en comparación con la casa donde habían vivido. El tío le había dicho a su hermana que él pagaría la renta del lugar hasta que ella se recuperara económicamente, pero con la condición de que no fuese más al casino. Creo que el tío fue generoso y también ingenuo en grado sumo. Porque una semana después de que Matías me dijera que no tenía casa, yo lo estaba ayudando a mudarse a un edificio lujoso, con gimnasio en el último piso. Y quizás me dejé llevar por la emoción del brillo de la entrada del edificio y me hice ilusiones de que sería un cambio para mejor. Me dije que la madre de Matías había aprendido su lección, me dije que, teniendo un gimnasio a unos pocos pisos de distancia, Matías se pondría en forma y eso le daría vitalidad para salir más de día, para ir a la playa, tomar color, comer un poco más, ver a sus amigos, volver a ser el chico del que yo me había enamorado. Pero, por supuesto, nada de eso ocurrió.

El primer inconveniente que tuve con Matías cuando lo ayudé a mudarse fue que puso en su cuarto un mueble de metal, color azul, lleno de herramientas viejas. No pude disimular mi cara de horror al entrar al cuarto y verlo, porque, a pesar de no ser una experta en decoración, me parecía que no era un mueble apropiado para una habitación, además de ser bastante feo. Estaba viejo y parecía oxidado.

«Es de mi papá», me dijo, y yo antes que sentirme mal por la cara que había puesto, no pude evitar notar que hablaba en tiempo presente, y eso me dio escalofríos. Le pregunté dónde había estado ese mueble, porque nunca lo había visto en su casa, y me contestó que en un depósito. Abrí el mueble y estaba lleno de herramientas oxidadas. Matías se paró de la computadora y me fue enseñando una a una, como si fuesen piedras preciosas. Le sugerí poner el mueble en otro lugar de la casa, en la lavandería quizás. Me dijo que de ninguna manera y entonces entendí que era mejor no discutir. Pero me preocupó que quisiera tener ese armatoste con olor a oxidado en su cuarto. Porque su hermano no tenía algo parecido en el suyo. Y sé, por la manera en que hablaba de su padre, cuánto lo quería y seguía queriendo. En esos momentos, Matías me empezaba a preocupar en serio. Pero me calmaba organizándole la ropa en el clóset, los perfumes, las camisas, la ropa interior. Y no me considero una persona que busca siempre el orden, pero quizás lo hacía porque, en el fondo, era una manera de ordenar su vida y de marcar mi territorio.

Su cuarto tenía una vista preciosa. Al ser un edificio alto, arriba de un pequeño cerro, se veía toda la ciudad. Y era particularmente lindo de noche, cuando las luces de las casas estaban encendidas y los faroles de las calles eran como pequeñas estrellas en medio de la oscuridad. Yo, en esos momentos, me decía que no debía darme por vencida, que lo bueno no venía fácil. Me decía que quizás con mi cariño, paciencia y compañía, Matías podría superar la ausencia de su padre. Me prometí a mí misma que ya vendrían tiempos mejores.

28

Y quizás era esa ingenuidad la que me hacía creerle todo, absolutamente todo lo que me decía, por más absurdo que me parezca ahora, que lo veo con frialdad, o con la objetividad que solo te dan el tiempo y la distancia.

Uno de esos días, nos quedamos solos en su casa un jueves por la noche. Él no tenía que trabajar ese día y no fue a clases, así que yo llegué como a eso de las siete de la noche a su casa y decidimos pedir hamburguesas, ver películas y estar juntos. Yo no podía dejar de pensar en que haríamos el amor sin prisa en su cama y luego miraríamos la ciudad de noche desde su ventana, que ahora que recuerdo era enorme, ocupaba casi toda la pared.

Todo iba muy bien, él me hacía bromas como siempre, yo me reía contándole alguna anécdota de la universidad. Sin duda, nuestra relación era bastante más relajada que cuando yo iba al colegio, peleábamos menos, él era menos celoso y controlador, yo era ya más grande y, cuando algo no me gustaba, se lo decía.

Él estaba al teléfono haciendo el pedido de la comida para que la llevasen a la casa, cuando me hizo una seña con la mano, haciéndome saber que no tenía su billetera en su bolsillo. Me extendió la llave de su auto y me dijo que quizás estaría ahí.

«No cuelgue, señorita», le dijo a la operadora, porque no queríamos colgar el teléfono, volver a llamar y repetir la orden. Me
puse las zapatillas de Matías y bajé en el ascensor hasta el estacionamiento donde estaba su auto azul. Encontré la billetera
enseguida, pero, antes de cerrar nuevamente la puerta, vi un condón usado en la mitad de los dos asientos. Había un jodido
condón encima de dos o tres trozos de papel higiénico blanco.
Lo miré como si fuese un bicho ya extinto. No podía creer lo
que estaba viendo.

Subí al departamento de Matías y le devolví la billetera con
cara de haber visto un fantasma. Él dio su número de tarjeta y
pagó por el teléfono. Luego colgó y me preguntó si estaba todo
bien. Le conté lo que había visto. Me dijo que era de su hermano, que le había prestado el auto la noche anterior para que
fuera a casa de su novia. Lo miré a los ojos. Su mirada era se-
rena, como la de alguien que estaba diciendo la verdad. Sin
embargo, no me hacía sentido. Su hermano no era un extraño
para mí, yo lo conocía, sabía que era bastante más responsable
que Matías, más cuidadoso en los temas personales. Si bien yo
lo había escuchado tener sexo con su novia, eso él no lo sabía, y
sí, era más cuidadoso, porque en las mañanas, cuando despertaba atontado para ir al baño y pasaba frente al cuarto de
Matías, nunca pude advertir una erección matutina, normal
en su edad. Sin embargo, Matías no cuidaba esos detalles, le
valía madre y caminaba hasta la cocina de su casa muy al palo,
sin importarle quién lo veía. Era yo quien tenía que decirle
«¡hey, tápate!». Por eso no me hacía sentido que hubiese sido su
hermano el que hubiese dejado ese condón en el auto. Y si
Matías era capaz de olvidarse la billetera en el auto, quizás
también era capaz de olvidar el condón que había usado con
una mujer a la que le había pagado. Yo no tenía vocación de
detective, pero la escena no me hacía pensar que él tenía una
amante, una chica que lo buscara por atracción pura. La situa-

ción me hacía pensar en una mujer a la que él le había pagado. Lo cual tenía un lado bueno y un lado malo. El lado bueno era que no estaba involucrado sentimentalmente con nadie más y, además, parecía que usaba protección, lo cual se agradecía por mi parte. Lo malo era que lo hacía y no me lo decía. Tenía la necesidad de algo que no era capaz de comunicarme. Y me pregunté muchas veces si yo hacía algo mal en la cama, o si había algo que yo pudiera hacer para satisfacer ese lado oscuro que no quería mostrarme, pero que, tal vez, era el verdadero. No podía dejar de preguntarme quién era él realmente.

Me dijo que él no había sido, que había sido su hermano, que hablaría con él apenas llegara a la casa. Se puso los zapatos que yo me acababa de sacar, que eran suyos, y bajó a «sacar eso de su auto». Yo entré al cuarto de Matías, vi el mueble azul, ese mueble que durante tantos años había estado en un depósito abandonado y ahora era objeto de una discusión. Me senté en su cama, miré el edredón verde a rayas que había estado en la casa anterior. Vi el mueble con la computadora y el salvapantallas girando de un lado a otro, siempre activo, siempre listo. Vi mi reflejo en el espejo, no estaba sonriendo. Miré la ciudad de noche. Traté de imaginarme cuántas parejas serían felices en ese momento, y cuántas estarían tristes, peleadas, distanciadas. Cómo saberlo. Cómo saber si ese era el camino del amor. Yo sabía que él me estaba mintiendo, aunque no me lo admitiera en voz alta a mí misma. Lo sabía y lo dejaba pasar, porque lo quería, porque tenía la esperanza de que cambiaría, porque tenía miedo de estar sola.

29

Le creí, o lo dejé pasar. No lo tuve claro entonces y ahora menos. Seguí yendo a la universidad, teniendo buenas notas. Me gustaba lo que estaba estudiando. A Matías le empezó a ir mal en la universidad, no por malas notas, sino porque dejó de ir a clases. Pasaba todo el día encerrado en su cuarto grabando música. Eso me sorprendía y me dolía, porque Matías había ingresado a la universidad en el puesto dieciocho. No quiero aventurarme a decir que era inteligente, pero era un hecho que era hábil con los números. Y era una pena que su carrera académica terminara así.

Pero me tranquilizaba viendo que le iba bien con la música y en ese sentido sí lo veía enfocado. Llegaba antes de la hora de entrada, no faltaba un solo día. Era bastante impresionante para mí verlo ensimismado frente a la consola de música durante seis, ocho horas, en las que solo se detenía uno o dos brevísimos momentos para ir al baño. Por eso me alegraba cuando veía que llegaba algún amigo o amiga a la discoteca. En ese caso me bajaba de la cabina del DJ y me sentaba con ellos a conversar y quizás también bailar un poco. Quizás por eso no me afectaba tanto no poder compartir tiempo con Matías en fiestas, porque la discoteca estaba de moda y con frecuencia llegaba gente conocida.

Hasta el día de la pelea campal. Algo estaba mal aquella noche. No conmigo, no con Matías, con la gente. La discoteca estaba llena, llenísima, casi no se podía caminar. Yo había saludado como a dos o tres grupos de amigos de distintos lugares. No dejaba de sorprenderme que todos estuviesen reunidos en la misma fiesta, en la misma discoteca. Pero eso resumía bien lo que era Lima. Alguna gente se había quedado fuera, y no sé bien cuál fue el problema, si ya habían pagado entrada antes, o si siendo medianoche estaban cansados de esperar, pero cuando salí a recibir a una amiga que acababa de llegar, noté que la gente estaba ofuscada, irritada. No le di importancia y entré a la discoteca, pero un rato después vi cómo la seguridad sacaba a rastras a dos jóvenes que yo no conocía, que habían querido pelearse ahí dentro. Una hora después, vi que se armaba otra pelea y la seguridad, de nuevo, los sacaba del lugar. No entendía si era porque había mucha gente junta o si el exceso de alcohol estaba generando fricciones en la gente, el hecho es que nunca había visto dos peleas juntas una misma noche. Pero más me sorprendí cuando fui a la entrada y vi que la gente, sobre todo un grupo de diez jóvenes, todos hombres, se había salido de control, y empujaba la puerta y escupía a los guardias de seguridad, como si fuesen internos de un manicomio y trataran de conseguir con desespero su libertad. Ellos podían darse la vuelta e irse, pero estaban molestos, agresivos, con los hombres robustos que cuidaban la puerta de entrada de la discoteca. Me dio miedo que me cayera un escupitajo o un vaso de plástico de esos que estaban lanzando y volví donde Matías, le di un beso y le robé un sorbo de cerveza. La canción estaba a la mitad, él ya sabía cuál pondría luego, así que se sacó los audífonos para escucharme. Le conté lo que estaba pasando afuera. Me miró sorprendido y luego hizo un gesto con los hombros, como diciendo «no puedo hacer nada». Yo me senté un rato más con algún grupo de amigos, pero no podía dejar de pensar en lo que estaba pasando afuera. Volví a salir y los jóvenes ya no parecían desesperados por entrar. La gente estaba dispersa, entonces me acerqué a la puerta y vi que uno de los chicos que había estado gritando o escupiendo tenía la mandíbula dislocada. Fue terrible. No entendí quién había sido, y entonces una amiga que estaba por ahí y lo había visto todo se me acercó al oído y me dijo que el chico había provocado al vip de seguridad para pelear, y el vip se había sacado el chaleco de trabajo y había salido y, sin decir una palabra, le había dado un puñete en la cara que lo había dejado así. No había habido forcejeo ni palabras. Solo un golpe de puño en la mandíbula. «Ya se jodió el vip», me dijo mi amiga, explicándome que el chico era hijo de alguien con plata y poder.

Pero esa noche no solo se jodió el guardia de seguridad, también se jodió la discoteca. Porque el lunes en la universidad todos comentaban lo poco profesional que había sido el tipo, al golpear así a un chiquillo que, por muy malcriado o amenazante que hubiese podido ser, no merecía que le rompiesen la cara así. Todos defendían al chico de la mandíbula partida, no al señor robusto desconocido que se había cansado de escuchar a un «niño bien» insultar a su madre y lanzarle escupitajos. Yo, la verdad, no tenía una opinión al respecto. Matías era de los pocos que defendía al vip. A mí me daba pena el chico, pero más pena me daba que ya nadie quería volver a ese lugar. Matías me aseguraba que no era grave lo que había ocurrido, que la gente olvidaría el incidente y volvería.

Pero fue triste ese fin de semana ver la discoteca casi vacía, a Matías poniendo música para diez personas, a los promotores imprimiendo cupones de cerveza 2x1, diciendo que iban a traer gente de por ahí, que había que llenar la discoteca como fuera para cubrir los costos del día. Yo me quedé toda la noche sentada al lado de Matías, porque no llegó ningún amigo. La gente que llegaba era toda desconocida.

30

Fue cuestión de semanas para que cerrara la discoteca. Ahora Matías no tenía trabajo. Me preocupaba qué iba a hacer con tanto tiempo libre. Me daba miedo el uso que iba a darle a su libertad.

Los primeros dos fines de semana fueron divertidos. Fuimos al cine, a comer a lugares lindos, incluso nos animamos a ir a correr olas, como en los viejos tiempos.

Era invierno y hacía frío, pero nos pusimos nuestros *wetsuits* y entramos al mar como si fuésemos *surfers* profesionales. No había nadie en la playa. Éramos él y yo en el mar, esperando una ola. Esa ola que prometiera ser perfecta, pero que podía terminar revolcándonos. Me gustaba besar sus labios con agua de mar, los llamaba besos salados. Fue ahí, esperando la ola perfecta, que él me habló de su padre. Me dijo que lo que más le había dolido era no haberse podido despedir de él. Que, a pesar de tener solo nueve años, sabía que su padre eventualmente no estaría. Había visto cómo la enfermedad lo había ido apagando hasta dejarlo en una cama. Me dijo que todo hubiese sido muy distinto si él hubiese tenido la oportunidad de estar ahí ese día para poder decirle adiós. Su madre había querido protegerlos a él y a su hermano de ese momento de dolor, pero había terminado dañándolos más, sobre todo a él. Me dijo que no fue tanto su muerte lo que lo marcó, como el hecho de no haberse podido despedir. Que cuando bajó del avión y saludó a su mamá, lo primero que hizo fue preguntarle por su padre y su mamá no le contestó. No le dijo nada, incluso cuando llegaron a la casa. Que subió las escaleras corriendo y entró al cuarto de su padre, pero ya no estaba ahí, donde casi un año había estado echado, esperando la muerte. Fue entonces cuando volteó y vio a su madre romper en llanto. Fue entonces cuando supo que su papá había muerto. Me dijo que él y su hermano se habían despedido luego abrazando una almohada, en una consulta con una psicóloga. Que eso lo había ayudado, pero que, por supuesto, no era lo mismo. Ya nada fue lo mismo desde que su padre murió. Me dijo que su manera de ver la muerte cambió cuando empezó a echar en falta a su padre en las distintas etapas de su vida. Y ahora recuerdo que era mi padre quien le hacía los nudos de la corbata a Matías, cuando íbamos a las fiestas de quince. Él no sabía hacer uno. Porque son ese tipo de cosas las que solo te enseña un padre. Pero Matías no había echado en falta a su padre solamente a la hora de hacer nudos en la corbata. Me dijo que lo extrañaba más que nunca cuando veía un auto que le gustaba, cuando sentía que su madre no entendía su pasión por los autos, las motos, la velocidad. Me dijo que se sentía cerca de él cuando manejaba la moto a toda velocidad, porque quizás su padre hubiese estado orgulloso de él. Que cuando manejaba solo su auto de noche a veces se imaginaba que él estaba sentado a su lado. Me dijo que por eso no tenía miedo de morirse, que estaba seguro de que las cosas no podían terminar así, que él iba a volverlo a ver. No sabía cuándo ni cómo, pero esa idea le daba paz, lo hacía sentirse menos solo.

Fue entonces cuando comprendí que Matías llevaba consigo una soledad que yo no podía curar. Y que muchas de las cosas que había hecho, que podían parecer estúpidas, tenían un poco más de sentido cuando uno entendía de dónde venían. Venían de un corazón roto, no de simples ganas de joder.

Matías me miró a los ojos en medio del silencio y del frío, y en ese momento me prometí que tenía que quererlo para siempre. Esperé que nuestro amor, aunque con altibajos, tuviera aquel final feliz de las películas, y juré nunca dejarlo.

Saliendo del mar, fuimos a mi casa, vimos películas hasta tarde, mientras comíamos canchita, Skittles y gaseosa. Nos despedimos con un largo y tranquilo beso en los labios y nos miramos a los ojos diciendo «te amo». Esa noche dormí con una paz que no había sentido en mucho tiempo.

Una tarde estábamos en su auto, en la puerta de mi casa, despidiéndonos, y el beso se hizo más intenso y entonces me sorprendió con una pregunta que no me había hecho en tres años: «¿Quieres ir a un hotel?». Le dije que sí, sin pensarlo demasiado. Porque yo, la verdad, en la cama quería complacerlo lo más que pudiera, para que no sintiera que le faltaba algo, o dicho crudamente: para que no se fuera con otra. También me gustaba la idea de pasar un rato a solas con él, sin el temor de que llegara alguien de pronto. Él volvió a prender el motor del auto y manejó como si supiera adónde iba. Llegamos a un edificio que no era lujoso, pero tampoco desastroso. Era normal. Él estacionó en la puerta principal y me pidió que esperara en el auto. Vi a través de la puerta de vidrio que Matías se acercaba a la recepción y pagaba. Luego volvió al auto con una llave y entramos por un sótano al estacionamiento. Estacionó, bajamos, subimos al cuarto. Me preguntó si quería que fuera a comprar algo de comer o tomar. Le dije que quizás podíamos tomar champaña. Yo en realidad casi no tomaba, pero pensé que eso haría la noche más entretenida. Entonces él bajó y volvió con una botella y condones. Tomamos una copa cada uno, luego nos metimos al *jacuzzi*. Conversamos, nos miramos, hicimos el amor en la cama. Nos quedamos abrazados un momento y luego nos pusimos de pie y nos vestimos. Fue una linda noche. No fue genial, porque había algo que me molestaba y no sabía bien qué era. Cuando me dejó en mi casa, lo supe. Repasé los hechos en mi cabeza, cómo se sabía la ruta al hotel, su naturalidad al hablar en la recepción para pedir la llave del cuarto, que supiera dónde se ubicaba el ascensor, la confianza con la que caminó por los pasillos. No pude evitar pensar que él había estado ahí antes con otra mujer. Entonces vinieron las dudas de siempre: ¿estaba siendo paranoica? ¿Por qué no confiaba en él?

Cinco dedos rotos

31

No pasaron muchos fines de semana hasta que Matías consiguió un nuevo trabajo. Ahora iba a ser el DJ principal en una nueva discoteca en Barranco. Fui con él a la inauguración. Me gustó mucho porque la cabina del DJ estaba cubierta por un vidrio enorme y no se podía acceder a ella, a menos que entraran a la cocina del lugar, lo cual no estaba permitido. Eso me daba más seguridad con Matías y las chicas guapas que subían a pedir canciones pasadas de copas. Esa noche que él tocó en esa nueva discoteca por primera vez y yo estuve a su lado tomando cerveza helada, mirando desde arriba a la gente bailar, pensé que era mejor sacarme esas ideas de la cabeza si no tenía pruebas concretas, y simplemente confiar en él. Y como si una voz superior me hubiese leído el pensamiento esa noche, llegó la primera prueba.

Un día estaba en casa de mi amiga Isa con otra amiga, María Luisa. Ellas tenían algo que decirme y yo no lo había notado. No me había dado cuenta de que, desde que llegamos de la universidad, ellas se miraban, como esperando a ver quién se animaba a hablar primero. Finalmente fue María Luisa quien jaló una silla y me pidió que me sentara. Al comienzo pensé que se trataba de una broma. Me reí. Luego me di cuenta de

149

que me querían decir algo y pensé que era relacionado con el colegio, con nuestra repentina amistad de a tres. Porque ellas siempre habían sido amigas desde chiquitas y en el último tiempo yo me había unido a ellas. Y por un momento pensé que me querían decir que no querían que saliera con ellas, que preferían ser un dúo y no un trío. Pensé que era eso. Ojalá hubiese sido eso. Porque yo las adoraba, pero lo que me dijeron fue la peor noticia que me habían dado hasta entonces. María Luisa carraspeó para aclarar la voz y me dijo que habían visto a Matías saliendo de una casa de masajes en la que no solamente hacían masajes. Por supuesto no entendí, o no quise entender, o necesité más explicación. María Luisa me dijo que su novio de entonces había estado en una reunión con amigos que no estaban relacionados con los nuestros, y que uno de ellos había hecho un comentario, dentro de un círculo de hombres, en el que decía que se había encontrado con Matías saliendo de esa casa de masajes. Y luego hizo un comentario de su auto. Digamos que lo mencionó más por el auto que por el hecho de habérselo encontrado ahí, porque esa persona conocía a Matías de lejos y no sabía que estaba conmigo, y por eso no tuvo intención de acusarlo cuando dijo eso. Pero el novio de María Luisa, que para entonces también era mi amigo, se alarmó y se preguntó si estarían hablando de la misma persona. Por eso, un rato después, el novio de mi amiga llevó a esta persona a un lado y le preguntó si estaba seguro de lo que había dicho. Y esta persona le había dicho que no quería verse involucrado en problemas, pero que sí, que había visto a Matías, el que tenía el auto Peugeot 306 azul eléctrico. Y autos como el de Matías casi no había en Lima.

Mis amigas me decían todo esto y yo empalidecía, escuchaba un pitido en los oídos, me sudaba la frente. Tenía que ser un sueño, un malentendido. Pero mis amigas sabían que yo venía teniendo dudas con Matías, y les parecía que era una información que no me podían ocultar. Y la verdad es que, aunque me dolió, me gustó que me lo hubieran dicho. Yo estaba cansada de sentir que se me ocultaba información. Y no, al parecer mi intuición no estaba fallando. ¿Qué haría Matías en ese lugar? ¿Masajes con algo más? ¿O estaría teniendo sexo con esas mujeres? La cabeza me estallaba con preguntas y se me hizo un nudo en la garganta que me dejó en silencio un momento. Mis amigas se quedaron en silencio conmigo. Por largos minutos nadie decía nada.

Un rato después hablé con el novio de mi amiga. Me dijo lo que él había escuchado. Igual que mis amigas, no parecía contármelo con un afán de intrigar, de indisponerme contra Matías. Pero era una información que le había llegado sin que él la hubiese buscado, igual que cuando yo encontré el condón usado en el auto de Matías. Como si la verdad estuviese buscando abrirse paso.

No sabía qué hacer. Si llamarlo en ese momento, si ir a su casa, si no decirle nada hasta ordenar bien mis ideas. Decidí hacer lo último. Sin embargo, esa noche, cuando hablamos por teléfono, él me notó rara. Me preguntó si todo estaba bien. Le dije que sí, que solo estaba cansada. Pero no me creyó y me siguió preguntando hasta que le dije que fuera a mi casa, que teníamos que hablar. Vino como a las nueve de la noche, yo salí de mi departamento en pijama, subimos por las escaleras hasta el último piso y nos sentamos en la azotea. La ciudad estaba iluminada por las luces de las casas, pero yo no había ido ahí para buscar una vista inspiradora, sino a encontrar privacidad.

Le dije lo que me habían dicho. En su rostro no podía advertir una señal que lo incriminara. No se ponía rojo, no se le dilataban las pupilas, no se le movían las cejas. Nada. Yo le contaba todo paso por paso, estudiando su reacción, porque para entonces no esperaba una confesión inmediata, pero él me miraba como si no estuviera hablando de él, sino de otra persona.

151

No lo aceptó, pero tampoco lo negó. Me dijo que había ido una vez y que se había hecho un masaje, pero que no había pasado nada más. Que estando ahí había declinado el «servicio completo». Me dijo que no me lo había contado porque no había llegado a pasar nada. Que sí, que en algún momento consideró que la masajista lo tocara, pero nunca pensó tener sexo con ella.

Me miraba a los ojos cuando hablaba. Había en su mirada esa entrega que tiene una persona cuando quiere que le creas, pero al mismo tiempo esa leve distancia o ese resentimiento típico de quien se siente inocente y está siendo acusado de algo que no hizo. Por eso era difícil no creerle. Me estaba haciendo una confesión, que era lo que yo en el fondo quería. Y creo que, en general, cuando uno quiere a alguien, tiende a creer que esa persona no es capaz de hacerte daño.

Por eso le dije algo que antes ya le había propuesto, pero esta vez se lo dije más en serio. Le dije que, si quería tener sexo con otras mujeres, no se cortara. Le dije que podíamos tener una relación abierta, que por mi parte no se preocupara, que yo no tenía intenciones sexuales con nadie. Le dije que entendía que quisiera experimentar con otras mujeres. Le dije que mientras fuera solo sexo, encuentros ocasionales, y no se viera involucrado sentimentalmente, tenía mi aprobación. Le dije que lo único que no podía hacer era mentirme.

Dos horas después, me seguía jurando que no quería tener sexo con nadie más que conmigo. Le dije, no una, sino varias veces: «Lo único que te pido es que me lo cuentes, que no me lo escondas». Me dijo, ya algo irritado, que no me estaba escondiendo nada. Yo ya no sabía si creerle, o si lo que yo le proponía tenía sentido alguno. Lo único que sabía era que estaba agotada, cansada de volver siempre al mismo tema. Me sentía decepcionada. Y esa angustia en el pecho no se me iba, por mucho que él me jurara por la memoria de su padre que no quería tener sexo con nadie más que conmigo.

32

Esa noche me eché en mi cama sin saber qué hacer. No quería dejarlo, no así. No quería sentirme insomne, triste, apática el resto de mis días. Mi cabeza daba vueltas y volvía a la imagen de él saliendo del burdel o de la casa de masajes, ya no me quedaba claro exactamente qué era. Había una parte de mí que se sentía humillada, traicionada. Cuántas otras personas podían haber visto a Matías ese día en el burdel y no me decían nada. Cuántas personas lo habían visto hacer algo poco leal y luego se habían encontrado conmigo en la discoteca de moda, o en la reunión del fin de semana, y habían hecho como si nada hubiese pasado. Yo sentía, y ya no sabía si era intuición o paranoia, que mucha gente a mi alrededor me ocultaba información. Empezando por la familia de Matías.

Entonces mi desconfianza hacia Matías se extendió a las personas que estaban cerca de nosotros. A menudo lo veía con mis amigas y me preguntaba si estarían teniendo un *affaire* en secreto. O si el hermano de Matías sabía algo que yo no sabía, o si su novia también era cómplice. Yo no podía ir donde el hermano de Matías y preguntarle si ese condón que había encontrado en el auto era suyo. Porque, además, si no era suyo, no me lo iba a decir. Todo era un enredo del carajo.

Lo único cierto es que el episodio «Casa de masajes» me había hecho daño. Yo ya no confiaba en Matías. Ya era capaz de mirarme al espejo y admitir que no estaba siendo sincero conmigo. Sabía que, ahora más que nunca, debía ponerle un condón siempre que tuviera sexo con él. Ya no tanto por el riesgo de quedar embarazada, aunque también, porque un hijo con él hubiese sido catastrófico y yo en ese momento lo sabía más que nunca, sino sobre todo por el riesgo a que me transmitiera alguna enfermedad o infección. Yo estaba dispuesta a tener sexo con él sabiendo que podía haber estado con alguien más, pero no estaba dispuesta a dejarlo, no todavía.

La idea de él teniendo sexo con otras mujeres se instaló en mi cabeza y me acompañaba adonde iba. Incluso a clases. Un día fuimos a un laboratorio a observar cerebros humanos y distintos órganos que habían sido de gente real. Yo, en mis guardapolvos de color blanco, lentes transparentes y bisturí en la mano, miraba el cerebro grisáceo frente a mí, sin curiosidad ni asco. Muchos de mis compañeros estaban asombrados o levemente repugnados por lo que teníamos en frente. Pero yo no hacía gestos y daba la impresión de que no era la primera vez que veía un órgano real. Me sentía inhabilitada de sentir emociones. Y creo que lo hice sin preguntarme para protegerme de seguir pasándola mal.

Terminó esa clase y fui a casa de Matías. Cuando llegué, me dijo que estaba yendo a una reunión en Villa, me preguntó si quería ir con él. Era jueves y acepté porque, aunque tenía clases al día siguiente temprano, no quería que fuera solo. Yo tenía miedo de que un día apareciera una chica más linda y *cool* que yo, de la que Matías se enamorara al instante y me dejase para estar con ella. Me daba miedo que fuera ella quien curara sus heridas, le hiciera olvidarse de la moto, de la ausencia de su padre. Por eso lo acompañaba a los pocos eventos sociales a los que asistía. No tanto porque mi presencia fuera a evitar que eso ocurriera. Si estaba ahí y lo veía, si veía a Matías conocer a alguien que lo deslumbrara, por lo menos ya estaría al tanto de que había alguien especial en su vida, además de mí. Porque él no tenía una amante, eso lo tenía claro. Lo sabía porque en su computadora y en su celular, objetos que yo revisaba con frecuencia, nunca encontraba nada. La falta de certezas me comenzaba a enloquecer.

Fuimos a la reunión, estábamos sentados conversando y tomando cerveza, hasta que el dueño de la casa mencionó que se acababa de comprar una moto. Yo, para entonces, me ponía de mal humor con solo escuchar esa palabra. Por supuesto, Matías le pidió que se la enseñara y fueron al garaje y el chico le dijo: «Si quieres, pruébala», y yo moví la cabeza de un lado a otro, porque sabía que era una mala idea. Pero si hablaba y trataba de detenerlos, a la que iban a mirar como loca era a mí. No era una moto de carrera, como las que había tenido Matías, era una moto de calle y parecía una bicicleta.

Matías arrancó la moto y se fue a dar una vuelta a la manzana. Yo estaba segura de que algo malo iba a pasar, y pensé que me había equivocado, cuando lo vi llegar después de cinco minutos con la moto, parado, confiado, sonriendo. Le devolvió la moto a su amigo y, cuando estábamos entrando, me dijo al oído que se había roto el pie. Me lo dijo así: «Me rompí el pie», cojeando levemente. Quise preguntarle cómo estaba tan seguro, pero me callé. Nos sentamos a un lado, se sacó la zapatilla y la media y tenía el pie hecho un camote. Parecía un guante de látex inflado. Me dijo que había estirado el pie para hacer no sé qué pirueta y justo había una piedra que no se veía por la oscuridad. Yo no pude evitar poner mala cara y decirle que iba a pedir un taxi para ir a la clínica.

«¿Estás molesta?», me preguntaba, en tono cariñoso, camino a la clínica. Le dije que sí, que estaba cansada de que se accidentara todo el tiempo. Se defendió diciendo que fue de casualidad, que no lo había hecho a propósito. Usó la palabra casualidad y no accidente, creo que para que no me molestara aún más. «Te juro que no vi la piedra», me decía, y yo le contestaba que el punto de la discusión no era dónde Dios, el destino o el universo había puesto la jodida piedra, sino que nunca pasaban más de seis meses sin que volviésemos a la clínica por la puerta de emergencia.

A eso de las once de la noche, después de que le hicieran placas, le dijeron que lo tenían que operar de emergencia. Tenía fracturas en los cinco metatarsianos, los huesos que unen los dedos al pie. Vendría a ser lo mismo que los nudillos en la mano. Le tenían que poner cinco clavos, y sacárselos al cabo de cinco semanas. Yo estaba molesta, no preocupada. Y lo que más me molestaba era su actitud de «aquí no pasó nada». Porque era una manera de decirme que se cagaba en lo que yo sentía.

Cuando llegó su madre, molesta también, le di un beso a Matías, le deseé suerte en su operación y me fui a mi casa.

33

Al día siguiente, después de clases, fui a la clínica a ver a Matías.
Tenía el pie envuelto en una venda gruesa. Doblaba en tamaño
a su otro pie y colgaba de una especie de tela sujetada a un tubo
de metal. Me eché a su lado en la cama de la clínica y vimos tele
tomados de la mano. La puerta se abrió de golpe y entró su madre. Me paré de la cama, mientras la escuché decir: «Este es el
último accidente que te pago. El próximo ya ves cómo te arre-
glas solo». Luego empezó a gritarle y yo, con toda la educación
del mundo, salí delicadamente del cuarto. Caminé por los pasillos de la clínica hasta encontrar una máquina de esas que ven
den comida chatarra. Compré unos Sparkies y una botella de
agua. Me senté sola en el pasadizo a comer. Vi a embarazadas
caminar frente a mí, a camillas transportadas por enfermeros,
unas lentamente, otras a toda prisa. Vi a señores y señoras ves-
tidos de blanco, conversando entre sí, hablando con pacientes.
Me pregunté si alguno de ellos estaría dando una noticia grave.
No lo parecía, pero pensé que la principal razón por la que
nunca podría ser doctora era porque no tendría el corazón para
dar una mala noticia y luego no saber más de ese paciente.
Decidí volver al cuarto donde estaba Matías. Lo encontré solo,
durmiendo. Le di un beso en la frente y me fui a mi casa.

Mi casa. Ese lugar que en los últimos tres años casi había dejado de serlo. Primero por la pelea con mis padres sobre mi futuro académico, y segundo porque había pasado más tiempo en la universidad, en la casa de Matías o en la de una amiga que allí. Pero ahora había empezado a frecuentar amigas y amigos. Y de pronto me hacía ilusión llegar a mi casa, encerrarme en mi cuarto, escuchar música, bailar sola, escribir un poco. Eran esas las pequeñas cosas que me hacían sentir libre. Y me gustaba aislarme en esa burbuja. Me daba paz. Me gustaban mi escritorio, mi computadora, mi cama. La suavidad de mis sábanas de Los Simpsons. Mi perra Benita, a la que por tanto tiempo había mirado como si fuera a vivir para siempre. De pronto había pequeños detalles en mi vida que comenzaban a tener un brillo particular. Y lo tenían porque yo había comenzado a mirarlos un poco, solo un poco.

Porque todavía seguía absorbida por Matías. Todavía encontraba placer en ir a verlo a la clínica y estar con él. Salir juntos cuando le dieron de alta, él en una silla de ruedas empujada por una enfermera, yo a su lado. Pero cuando llegué a su casa ese día y lo ayudé a sacarse la venda o las vendas del pie, con ayuda de su hermano que, para ser totalmente franca, a esas alturas me gustaba un poco, me horroricé con lo que vi. Apenas sacamos las vendas, yo, que había tocado su hueso de la clavícula sobresaliendo de su piel, vi su pie lleno de clavos, o agujas muy gruesas insertadas en distintas direcciones, como si hubieran llegado diez tipos distintos de cupido y hubiesen flechado cada «nudillo» del pie. La aguja atravesaba su piel, pero la piel no sangraba y yo miraba aquello y pensaba en cómo era posible. Los clavos se los iban a sacar al cabo de una semana o dos. Pero yo a todo esto pensaba «cómo se va a bañar, cómo va a ir al baño», si no es capaz de poner un pie en el suelo. Claro que también pensaba «si tiene una amante, estoy segura de que lo dejará ahora mismo». Se requiere mucho amor para estar al lado de una persona que tiene una herida así de horrenda y se viene accidentando cada mes y medio. En esos momentos no había otra mujer en el mundo, ni siquiera su madre, que fuera capaz de quedarse a su lado. Pero yo lo hacía sin que me lo pidieran y él me hacía sentir que valía la pena cuando me agradecía mirándome a los ojos, cuando me besaba las manos, cuando me pedía que le alcanzara la laptop para poner alguna canción que sabía que me gustaba.

El día en que le sacaron los clavos, estuve con él. Preferí no ver de cerca el procedimiento, pero lo vi entrar en silla de ruedas al cuarto y salir apoyado en muletas, ya con el pie enyesado. Yo quería acompañarlo en los momentos difíciles. Yo quería estar a su lado. Pero era como si cada paso que él daba hacia adelante, muchas veces con dificultad, lo alejara más de mí, lo dejara rezagado. Era como si entonces, en lugar de detenerme para que me alcanzase, yo hubiese empezado a caminar a mi aire, porque sabía que no iba a poder esperarlo para siempre.

Pero había momentos en los que yo no estaba tranquila. Y me mataban la angustia y las ganas de saber qué carajos estaba pasando, por qué había algo que no me cuadraba, por qué había ido a la casa de masajes si no tenía una amante. Entonces hice algo que hoy encuentro muy tonto, pero que en ese momento tuvo lógica. Me creé una cuenta de correo equis. Me suscribí a una de las páginas de citas que había encontrado entre sus correos. Puse como foto de perfil una foto de una chica guapa. Le escribí diciéndole que vivía en su misma ciudad, que lo había visto tocar en tal discoteca el fin de semana y me había encantado su música. Me contestó al cabo de unas horas, parecía no haber notado que era yo, su novia, quien le escribía. Me pidió una foto mía para corroborar que era una cuenta real la que le estaba escribiendo, pero yo estaba preparada y le mandé otra foto de la misma persona que había seleccionado para mi foto de perfil. Luego me enteré de que la chica que elegí era amiga de unos amigos en común, y quizás por ahí él pudo haber sospechado, porque luego su defensa fue que él «siempre lo supo». Pero no, él me siguió el juego desde que aceptó chatear con una chica que no conocía, desde que recibió mis primeras líneas coquetas, de fan, de chica que lo había visto «tocar», como si fuese un DJ mundialmente conocido. Conversamos un rato y luego quedamos en encontrarnos.

34

Quedamos en encontrarnos en un casino de moda. No en el que visitaba su madre. Llamé a mis amigas y pasaron a buscarme en el auto de una de ellas. Eran las mismas dos amigas que me habían contado lo de la casa de masajes. Así que por supuesto estaban encantadas de saber qué cara pondría Matías cuando, en vez de saludar a la chica con la que pasaría la noche, se en contrase con la cara de decepción, o quizás de satisfacción, de su novia, que hacía meses estaba loca por desenmascararlo.

Llegué a la puerta del casino y pregunté por él, porque yo no podía entrar, no todavía. Faltaban solo unos pocos meses para que cumpliera dieciocho años. Uno de los guardias de seguridad entró a buscarlo y yo me quedé afuera esperando. Estaba más molesta que asustada. Estaba a punto de estallar. Como si me hubiese enterado de los usuarios en las páginas de citas, de su comentario sobre experimentar con otras mujeres, del condón usado en su auto, del momento en que lo vieron saliendo de la casa de masajes ese mismo día. Estaba cansada de darle vueltas al tema, de pensar siempre en lo mismo.

Hacía frío y caía una lluvia muy fina, que casi ni mojaba. El suelo estaba húmedo, eso sí. Matías salió del casino haciendo sonar las muletas, soltó una risa burlona apenas me vio y me dijo: «Ya sabía que eras tú». Pero yo no estaba con ganas de gritar ni hablar. Metí la mano al bolsillo delantero del suéter que llevaba puesto y saqué nuestras cartas, las cartas que él me había escrito cuando me fui de retiro, por mis cumpleaños y después de los accidentes en moto. Las rompí de a pocos, frente a él, sin decirle una sola palabra. Las rompí hasta que quedaron en pedacitos y luego las hice llover sobre su cabeza, mientras él cerraba los ojos, no sé si por furia o pena. «¿Sabes lo que esto significa, no?», fue lo único que me dijo, en tono amenazante. Yo ya me había dado la vuelta, pero me volví para mirarlo a los ojos y decirle sin llorar o mostrar una pizca de pena: «Significa que hemos terminado». Y desaparecí caminando por la oscuridad hasta donde estaban mis amigas escondidas, viéndolo todo. Una de ellas me dijo que había tenido miedo de que él se pusiera violento conmigo mientras rompía sus cartas. Yo a Matías no le tenía miedo físico: sabía o sentía que no era capaz de pegarme. Era capaz de mentirme, pero no de pegarme.

Me subí al auto con mis amigas y me senté atrás. No estaba demasiado triste, tampoco orgullosa de lo que había hecho. Estaba como anestesiada. Miraba por la ventana los autos pasar, las tiendas, las casas, sin poder decir una sola palabra. Mis amigas estaban en silencio también. No pusieron música, porque en ese momento cualquier canción podía jugarme en contra. Podía hacerme correr de vuelta a sus brazos, o romper en llanto, u odiarlo por el resto de mis días. En silencio, recordé la cara de Matías, mientras sus cartas caían en pedazos sobre su cara y me pregunté si había sido justo lo que había hecho, si acaso no estaba enloqueciendo de celos. Yo no tenía pruebas. Pero, por otro lado, mi instinto me estaba diciendo que algo no estaba bien, que algo no estaba en su sitio y tampoco podía desoír eso. Habían pasado cosas que él no había explicado con claridad.

Paramos en un McDonalds, ellas comieron en el auto, yo no comí nada. Ahí conversamos un poco. Luego me dejaron en mi casa. Yo era un alma en pena que caminaba por la casa. No hablaba, no lloraba, no sonreía, no comía, no dormía. No sentía un carajo. Mis padres se preocuparon y me sacaron cita con un psiquiatra, el mismo que veía a mi madre de vez en cuando.

Al día siguiente, mi padre me llevó al consultorio del doctor. No tuve que esperar mucho, aunque en ese estado hubiese podido esperar horas sin darme cuenta. Entré al consultorio, un cuarto grande lleno de libros y adornos antiguos. Había un escritorio de madera a un lado, y al otro, unos sofás que rodeaban una mesa de vidrio. El lugar no estaba muy iluminado, olía extraño. No olía mal, olía al producto con el que limpian la madera. Un señor no muy alto, con traje y corbata, algo de canas y manos ásperas, me invitó a sentarme frente a él. Me preguntó qué me preocupaba y le conté todo. La casa de masajes, los *mails* de páginas de citas, todo. Me escuchó con paciencia y luego me dijo algo así como que yo estaba viendo o notando algo que no me gustaba en él, y no podía hacer como si lo que yo sentía no tuviese valor. Fue objetivo. No me dijo que terminara con él, o que siguiera con él. Estuve sentada una hora y, si bien no recuerdo más detalles de nuestra conversación, me fui con una tranquilidad que no había sentido hacía tiempo, y una receta de pastillas sublinguales para calmar la ansiedad. Ojalá hubiese pastillas para quitar la pena, o para enfrentar la verdad, pensé, mientras lo veía escribir sobre un papel.

La primera vez que terminamos, que él terminó conmigo, yo había estado desesperada. Cualquier cosa me hacía llorar, una canción, un comercial de televisión, una palabra áspera. Esta vez estaba resignada a la derrota. No esperaba a que él volviera. Cada segundo que pasaba me convencía de que él no me perdonaría el exabrupto y yo tampoco iba a pedirle disculpas.

Guardé la caja donde habían estado sus cartas, y que ahora estaba vacía en un rincón de mi clóset. Una parte de mí no se arrepentía de lo que había hecho. La otra parte se preguntaba si había sido justa. Nada más.

Estaba haciendo un trabajo para la universidad, cuando sonó el teléfono. No había nadie en mi casa, así que contesté. Era él. Me empezó a dar toda una explicación de cómo él había sabido desde el comienzo que era yo la que le estaba escribiendo, me dijo que tenía a su amigo tal como prueba de eso, porque él lo había llamado antes de salir al casino, y le había dicho que creía que le estaban tendiendo una trampa y que quería que él fuera testigo; me dijo que su amigo podía llamarme por teléfono si quería, me dijo que me extrañaba, que confiara en él, y yo, antes de tener que empezar a lidiar con ese torbellino de excusas, le dije que le creía. Le dije que le creía y que podíamos ser novios otra vez, y, al colgar el teléfono, me puse bajo la lengua una de las pastillitas que me había dado el doctor.

Pasan cosas raras

35

Empezaron a pasar cosas raras. Un día llegué a su casa, él todavía estaba durmiendo, y cuando me senté en su escritorio vi
una billetera que no era suya. La abrí, era de hombre, lo supe
porque vi la identificación y no era de nadie conocido. Cuando
despertó, le pregunté de quién era y me dijo que la había encontrado tirada en la calle cuando regresaba de la bodega. Le
pregunté si pensaba devolverla, me dijo que sí, pero sin mucha
convicción. Y si la situación ya era un poco rara en sí misma, se
puso más extraña. Me dijo que sentía que había «salvado a alguien». Me dijo que venía caminando, con la ayuda de las muletas, por un camino oscuro, que eran como las diez de la noche,
que él había ido a comprar cigarrillos, y cuando volvía vio que
alguien venía corriendo a toda velocidad, como huyendo de
alguien, y entonces Matías pensó que podía tratarse de un ladrón y por eso levantó la muleta justo cuando la persona pasaba a toda velocidad a su lado, y al no ver la muleta por la
oscuridad, se dio un golpe en la frente y cayó al piso incons-
ciente. Fue entonces cuando una billetera cayó en los pies de
Matías y él se la llevó, pensando que podía ser la billetera de la
persona a la que le habían robado. Cuando terminó de hablar,
yo tenía más de una pregunta: ¿cómo estaba tan seguro de que

la persona que corría era un ladrón?, ¿qué pasaba si lo golpeaba y no era?, ¿de veras lo detuvo con la muleta?, ¿se fue y lo dejó ahí tirado? También pensé que podía estar inventando la historia para impresionarme y, aunque me parecía ridículo, prefería que ese fuera el caso. Me costaba trabajo creer que él fuera capaz de hacer algo tan estúpido. Pero dejé pasar el tema y lo ayudé a bañarse, porque con el pie así lo ayudaba su hermano o lo ayudaba yo; era básicamente alcanzarle el champú, el jabón y mirar que no perdiera el equilibrio, porque tenía un pie afuera de la ducha. A veces no se metía por completo a la ducha y solo se lavaba la parte superior del cuerpo, entonces se arrodillaba en la tina, ponía medio cuerpo adentro y yo le lavaba la cabeza. Alguna vez su madre llegó y nos vio, porque dejábamos la puerta del baño abierta para que no pensaran que estábamos haciendo otras cosas. Ella y yo cruzamos miradas, pero no me decía nada. Yo estaba resentida con ella por haber apostado la casa en que vivían sus hijos. Y porque seguía yendo al casino. Yo lo sabía. Porque de nuevo desaparecía largas horas y porque alguna vez pasé por el casino que ella solía frecuentar y vi su camioneta estacionada en el garaje. Nunca fui buena para disimular mis simpatías, por eso ella ya había notado mi suspicacia o mi distancia. Entonces ahora había una barrera invisible entre nosotras. Todo bien por fuera, pero ya no nos queríamos como antes.

Llegó el día en que finalmente le quitaron el yeso a Matías y lo recuerdo porque ese día fui a mi primera práctica preprofesional. Fui de voluntaria a ayudar a un centro psiquiátrico donde había gente internada, desde niños hasta adultos. Fue una experiencia interesante porque vi de todo. Entré al departamento infantil, donde encontré a niños que se golpeaban a sí mismos, que hacían movimientos repetitivos, que me miraban como si estuvieran molestos conmigo. Recuerdo en particular a una niña que tenía un vestido amarillo y el pelo como si no se lo hubiese peinado en muchísimo tiempo. Tenía marcas de rasguños en la cara, ojeras; no parecía contenta, todo lo contrario, parecía sacada de una película de terror. Pero fue muy educativo para mí verla agarrada de la cintura de una amiga de mi clase, que había ido conmigo ese día, junto con algunos otros de la facultad. Digo que fue educativo porque mi amiga no parecía tenerle miedo, a diferencia de mí, que sí estaba impresionada; y porque en esos momentos aprendes a ver a la persona más allá de su apariencia. Y si bien esa niña daba miedo, porque es un hecho que daba miedo, en el fondo lo que buscaba era cariño. Nada más que eso.

Luego fui a la zona donde estaban los adultos y vi que era un poco más de lo mismo. Ese día me subí al bus que me llevaría de regreso a la universidad pensando que tenía suerte por ser capaz de ver el mundo como lo veía, sin tener que recurrir a ninguna ayuda para descifrar ciertos códigos sociales. Admiré mucho a la gente que trabajaba ahí. Muchos de ellos lo hacían por vocación, eran voluntarios. Y fue así como empecé a cuestionarme si eso era lo mío. Si quería dedicar mi vida a servir a otros, sobre todo cuando hacía ya casi cuatro años venía sirviendo a alguien, y al hacerlo me había perdido yo.

En ese momento lo que más me preocupaba era sentir que no me conocía. Que todo este tiempo mi vida había sido Matías. Sus accidentes, sus problemas emocionales, sus aparentes infidelidades. Yo estaba totalmente perdida. Por eso me empecé a cuestionar todo. Mi relación con Matías, mi carrera, mis amigos. Tuve unas ganas repentinas de mandar a todos al carajo y escapar a un lugar donde nadie pudiera encontrarme. Un lugar donde yo pudiera saber quién carajo era, pero ese lugar no estaba muy lejos: era mi cuarto.

Cerraba la puerta con seguro y era yo misma. Ponía música a todo volumen y pintaba, dibujaba, escribía, bailaba. Nadie estaba mirándome, juzgándome, preguntándome por qué lo hacía de esa manera. De pronto era libre, o me sentía libre. Por un instante no necesitaba a nadie más, no me preguntaba qué estaría haciendo Matías, o con quién estaría. Yo tenía la intuición de que lo iba a dejar, solo que no sabía cuándo, o de qué manera. En mis imágenes mentales, yo le hablaba a Matías y él entendía y le jodía, pero entendía. En mis fantasías, él me dejaba ir. No estaba tan lejos de darme cuenta de lo ingenua que todavía seguía siendo.

36

Un día lo llamé al celular y no me contestó. Estaba por pasarlo por alto cuando recibí un mensaje de texto suyo que decía que estaba en la comisaría, porque había peleado con un policía, que no había sido su culpa, que estaba con su hermano, que me llamaría luego.

Seguí con mis cosas y cuando, tres horas después, me llamó para contarme lo que había pasado, me di cuenta de que había sido grave. Él había estado manejando su auto con su hermano al lado, estaban detenidos en un semáforo en rojo, cuando, desde el auto de al lado, un tipo empezó a gritarles que habían hecho una movida indebida al conducir. Matías primero lo ignoró, luego parece que le contestó, porque el tipo, que terminó siendo un policía —y no cualquier policía (o no uno de tránsito), sino uno que más adelante nos enteraríamos de que era un «águila negra»—, se bajó del carro para confrontar a Matías.

Matías supo que el tipo venía a pegarle y pensó que, antes que subir la ventana e ignorarlo, era mejor bajarse del carro. Fue así como el policía tomó la iniciativa y empezó a lanzar patadas y puñetes que Matías bloqueaba o esquivaba. El policía sabía pelear y Matías lo notó enseguida. Además, era bastante más alto que él. Así que Matías decidió medirlo, cansarlo un poco, marcarle la distancia. El semáforo había cambiado a verde, los autos empezaban a avanzar bordeando los dos autos detenidos: el del policía y el de Matías. Ellos ya se habían movido a una zona de pasto a un lado de la pista. No se habían tocado todavía. Su hermano y la esposa del policía se habían bajado del auto, y miraban la pelea desde lejos. Hasta ese momento nadie sabía quién iba a ganar, no estaba claro, porque si bien Matías sabía pelear, el policía también, y además era bastante más grande que él. Matías estaba esperando el momento adecuado para llevarlo al suelo, cuando pisó una zanja y cayó dentro de ella. Entonces el policía le cayó encima a golpes. A Matías le llovían puños, pero ninguno llegaba a su cara porque los bloqueaba todos. Y desde ahí abajo, metido todavía en la zanja, empezó a sacar unos primeros golpes que sí conectaban con la cara del policía. Entró uno, dos, cuando entraron cuatro el policía había perdido el balance y entonces Matías pudo ponerse de nuevo de pie. Fue entonces cuando la pelea empezó a ganarla Matías. Porque la cara del policía empezó a sangrar y ahora le caían no solo puñetes, también patadas. Para entonces mucha gente alrededor miraba y ya habían llamado a la policía. Increíblemente nadie grabó nada con su celular. Pero llegó una patrulla con dos policías y terminaron la pelea con un disparo al aire.

Matías me contó todo esto por teléfono y yo, lejos de estar impresionada porque le pegó a un «águila negra», pensé que se hubiese podido ahorrar esa pelea si hubiera subido su ventana y avanzado cuando el semáforo cambió a verde. Porque ahora había un problema. Una vez en la comisaría, el policía herido alegó que Matías debía pagarle no solo los gastos médicos, también una indemnización, porque había sido una pelea en desventaja, pues los puños de Matías podían ser considerados un «arma blanca» al saber pelear tan bien. Y eso fue lo que terminó ocurriendo. La madre de Matías cubrió los gastos médicos del «águila negra», que tenía los dos pómulos rotos, el tabique roto y algunas otras contusiones en el cuerpo. Le regaló una computadora y dinero en efectivo, para cerrar el tema y evitar que el policía enjuiciara a Matías.

Cuando fui a verlo más tarde, vi en la entrada de su departamento un nudo de ropa lleno de sangre. Era la ropa que él había tenido puesta en la pelea. Me quedé mirando su camisa verde a cuadros completamente teñida de rojo, y escuché a su madre hablando por teléfono diciéndole a alguien que iba a conseguir un siquiatra para Matías.

Pensé que era una buena idea. La mejor de todas las que había tenido últimamente su madre. Matías no estaba bien. No porque no fuera la persona de la que yo me había enamorado, sino porque era inevitable ver esa ropa ensangrentada y preguntarse si era necesaria tanta violencia. Algo me decía que Matías le había pegado al policía para defenderse en un principio y luego había terminado golpeándolo sin piedad. Me pregunté si sería capaz de ser violento conmigo. No lo era con su madre, por lo menos. De hecho, me sorprendía el nivel de educación que mantenía incluso cuando peleaban fuerte. Nunca escuché a Matías insultar a su mamá, ni siquiera conmigo en privado. Yo, por ejemplo, si peleaba con mis padres, sí era capaz de decirles una lisura o dos en medio de la pelea, o también podía decir algo feo de ellos cuando estaba a solas con Matías, comentando la reciente pelea. Yo sí me dejaba llevar por la rabia en un mal momento y hacía esas cosas que estaban mal, pero eran humanas, a fin de cuentas. Matías no. Nunca me habló mal de su madre por haber apostado la casa en el casino, o por las veces en que lo desdeñaba sin razón, como si estuviera resentida con él. Yo me daba cuenta de que a su hermano lo trataba con más cariño, o que se llevaba mejor con él. Quizás Matías le hacía acordar a su esposo muerto, por más que ella mantuviera su ropa en el clóset. O quizás porque Matías la había hecho sufrir tanto más que su otro hijo, que no se accidentaba todo el tiempo, que no parecía tener como excusa la muerte de su padre para vivir al límite. A ratos la entendía, porque yo también empezaba a tenerle poca paciencia a Matías. Pero sí me sorprendía que Matías fuera siempre tan cariñoso con su madre, incluso en los momentos en que él trataba de darle un beso y ella hacía un gesto de fastidio.

37

Quizás por eso yo no me animaba a dejar a Matías. Porque en el fondo no lo veía como un mal tipo, sino como un hombre herido. Pero comenzaron a pasar cosas raras que me hacían cuestionarme cada vez más si valía la pena quedarme ahí.

Un día llegué a su casa y vi que su pantalón favorito, uno de camuflaje que yo le había regalado, tenía un corte en la pierna. Como si alguien hubiese agarrado una tijera muy afilada y hubiese cortado desde la rodilla hasta la cintura. Era solo un corte vertical. El resto del pantalón estaba intacto, limpio, sin nada que pudiera indicarme qué había pasado. Le pregunté a Matías qué había pasado y me dijo que había sido la hélice de un helicóptero. «¿Qué?», fue lo único que atiné a decir. Me dijo que la noche anterior había estado con Gerson, el mecánico de su auto, que se había hecho su amigo, arreglando el helicóptero de una persona con mucha plata. Que la hélice había pasado por su pierna, lo suficientemente cerca como para cortar el pantalón, pero no tanto como para cortar su piel. Miré sus piernas, no tenían marcas de rasguños. Me quedaba claro que la historia no era verosímil, que se la estaba inventando, que me estaba mintiendo. Pero no entendía por qué lo hacía. A veces me daba la impresión de que me mentía sin una razón.

Y a veces sí parecía tener una razón. Un día fue a mi casa a eso de las siete de la mañana. Recién terminaba de trabajar en la discoteca y yo no había ido con él, me había quedado en mi casa y me había acostado temprano. Y él me llamó tempranito preguntándome si podía pasar a saludarme antes de ir a su casa a dormir. Le dije que sí, que pasara. Bajé en pijama, él había estacionado su auto en mi cochera y estaba fumando un cigarrillo apoyado en su auto cuando nos saludamos. Conversamos un rato y luego noté que tenía una marca morada cerca del ojo. Ese golpe no lo había tenido el día anterior. Le pregunté qué le había pasado y su respuesta fue que una «loca» le había dado un golpe con la cartera. Le pregunté por qué una mujer le pegaría sin motivo. Me dijo que no sabía, que quizás lo había confundido con alguien. Que él había bajado de su cabina un momento para ir al baño y que le cayó un golpe en medio de la oscuridad. Me costó trabajo creer que una mujer le pegara sin motivo. Enseguida pensé que él había dicho o hecho algo inapropiado y por eso le había caído ese golpe. No le dije lo que pensaba, porque no quería armar una pelea. Pero lo miré en silencio y con desconfianza unos segundos, y él me conocía lo suficiente como para leer mis gestos y a través de ellos enterarse de lo que realmente sentía.

Aunque no me lo dijera, creo que Matías empezaba a notar mi distancia. Porque un día estábamos en mi casa y discutimos por una tontería, y él se fue molesto a la bodega. Y yo me molesté aún más por que fuera a la bodega solo, cuando siempre íbamos a la bodega juntos, porque en las parejas estas minirrupturas de rutina pueden ser interpretadas como pequeños actos de traición. Cuando volvió, yo ni lo miré y seguí viendo la tele, pero él se sentó a mi lado sin hablarme, con la respiración agitada. Seguí ignorándolo, él siguió respirando profundamente agitado. Volteé a mirarlo como diciéndole «qué te pasa» y noté el cuello de su camiseta estirado. Como si lo hubiesen jaloneado. Tenía el pecho rojo, como si lo hubiesen arañado. Le pregunté qué le había pasado y me dijo que habían querido secuestrarlo. Quedé perpleja. Me costó trabajo creer que habían tratado de secuestrarlo justo después de haber peleado conmigo. Podía ser verdad, podía no serlo. Yo no tenía cómo saberlo.

Matías había dejado de ir a la universidad, ahora veía al psiquiatra una vez por semana. Su futuro parecía inclinarse por la música. Ya no aspiraba a ser ingeniero industrial, estaba contento siendo DJ, ganando plata así. Era muy distinto al chico tablista despreocupado y feliz del que yo me había enamorado.

Pero había ciertos rasgos de su personalidad que no se habían ido, y quizás por eso yo seguía ahí. Seguía siendo cariñoso conmigo. Me miraba a los ojos cuando me hablaba, me besaba la frente y me decía que yo era lo que él más quería en el mundo. Me traía mis chocolates preferidos. Siguió escribiéndome cartas, a pesar de que yo le había roto las anteriores, veía películas románticas conmigo a pesar de que él las odiaba, dejaba a mis amigas en sus casas antes de dejarme a mí, aunque eso lo desviara del camino. Me abrazaba tan fuerte que a veces me hacía sonar los huesos de la espalda, cosa que yo amaba y le pedía que lo hiciera todos los días, pero él se negaba porque me decía que me podía hacer daño. Pero, sobre todo, algo que no había cambiado era que sus abrazos todavía se sentían bien, como si yo estuviera en el lugar correcto. Besarlo, oler su cuello al final del día, me daba paz a pesar de todo.

Si había otro rasgo de su personalidad que no solo había permanecido en él, sino que parecía haberse agravado, era su tosquedad. Matías era tosco en grado sumo. No era violento conmigo, pero sí muy torpe. Y esa torpeza me hizo daño en dos ocasiones. La primera, una vez mientras estábamos boxeando. Ambos nos poníamos guantes, yo trataba de darle un golpe directo en la cara, y él solo esquivaba y bloqueaba mis puñetes, nunca me golpeaba de vuelta. Un día yo estaba pegándole un golpe tras otro, sin intención de hacerle daño, pero con ganas de que alguno por fin le diera en la cara, para así poderme sentir ganadora por primera vez. Yo estaba apretando los dientes mientras golpeaba, quizás estaba descargando otros sentimientos, quién sabe, cuando él extendió un brazo para decirme «para», su guante llegó a mi boca, y medio segundo después yo estaba escupiendo un trocito de diente. Él me explicó que cuando uno boxea no hay que jugar con la lengua o hacer gestos con la cara, porque justamente pasan cosas como esa. El golpe, que no había sido un puñete, en sí no me dolió, solo tuve mala suerte de haber hecho ese gesto con la boca cuando el guante tocó mi cara.

El segundo incidente fue un poco más doloroso para mí. Ahí sí que Matías fue una bestia. Estábamos en mi casa, sentados en el comedor estudiando, cuando empezamos a jugar a empujarnos, riéndonos. Todo iba bien hasta que él me pisó el pantalón, que me quedaba holgado, y me empujó sin fuerza con la intención de que cayera al piso, pero caí sobre una de las sillas del comedor y me golpeé la cabeza. Fue curioso, porque cuando él vio que yo estaba cayendo sobre la silla, me agarró del polo y frenó bastante el golpe. No sé qué me hubiese pasado si no me agarraba, porque el golpe me mareó enseguida y cuando estaba cayendo al suelo él me cargó y me llevó en brazos al sofá. Yo vi todo doble por varios segundos, pero dentro de mi mareo, me di cuenta de que él estaba asustado por mí, pero quizás más asustado de sí mismo. Vi el terror en sus ojos, mientras me pedía disculpas. Me dijo que nunca más jugaríamos así. Y nunca más lo hicimos.

38

Sin duda la mentira más extravagante que me dijo Matías fue cuando me anunció que se iba un fin de semana a tocar en una discoteca en Brasil. Un viernes por la tarde, yo estaba en casa de mi amiga Isa con otras amigas. Estábamos sentadas en su terraza tomando cerveza cuando mi celular sonó y era él. Me dijo que le había salido la oportunidad de ir a Brasil durante el fin de semana en un avión privado para tocar en un festival de música. Me dijo que no iban a despegar del aeropuerto, sino de un descampado cerca de una playa al sur de Lima. Por supuesto, yo sabía que no podía ser verdad. Sabía que Matías no conocía a nadie que tuviese un avión privado. Y sabía que su pasaporte estaba vencido. Lo que me intrigaba realmente era saber qué iba a hacer esos dos o tres días que «se iba a tocar en Brasil». No le quise transmitir mis dudas sobre su viaje, lo único que le pregunté era cómo iba a viajar con el pasaporte vencido y me dijo que al ser un avión privado no necesitaba un pasaporte al día. Ya ni me quise detener a explicarle que necesitas un pasaporte vigente, aunque viajes en avión privado. Le deseé buen viaje y colgué el teléfono.

Cuando volví donde mis amigas, me dio vergüenza contarles lo que él acababa de decirme. Me quedé un momento en silencio, pensando. Luego retomé el hilo de la conversación con ellas.

Al volver a casa, me senté a ver televisión con mi madre. Nuestra relación había mejorado mucho esos últimos meses. Nos gustaba ver tele juntas, tomar una copa y escuchar música. Yo le contaba anécdotas de la universidad o de mis amigas que la hicieran reír. Me gustaba hacerla reír. Estábamos hablando de algún profesor de mi colegio cuando sonó el teléfono de mi casa. Era él. Le dije que ya lo imaginaba volando, lo cual era sarcasmo puro, pero él no se dio cuenta. Me dijo que había decidido no viajar. Que a último minuto había descubierto que iban a transportar droga en ese avión, más concretamente cocaína. Y que por eso él dijo «yo no viajo». Lo escuché con paciencia y, cuando colgamos, se lo conté a mi madre. Me miró haciendo un gesto que me daba a entender que ella tampoco le creía nada. Ella nunca fue fan de Matías, pero ya lo había aceptado.

Fue entonces cuando me preocupé, o empecé a ver a Matías de otra manera. A ratos me daba la impresión de que él mismo se creía sus historias. Y eso me preocupaba más que el hecho de que fuese un mentiroso profesional. Y lo digo así porque no había cambios en su lenguaje corporal o en su tono de voz cuando me mentía. Yo lo observaba con detenimiento y era realmente impresionante. Lo que sí había notado era que bostezaba o decía «¿qué?» cuando lo sorprendía con una pregunta que podía dejarlo en evidencia. Por ejemplo, si le preguntaba: «¿Por qué ahora llevas condones en tu canguro?», me contestaba: «¿Qué?», antes de improvisar una respuesta. O si le preguntaba: «¿A qué hora llegaste a tu casa anoche?», bostezaba antes de contestar, como ganando tiempo antes de hablar, como pensando bien su respuesta. Yo lo conocía mejor que nadie. O al menos eso creía.

Cada vez me sentía más desconectada con Matías, con mis amigas, con lo que me rodeaba. Había empezado a aburrirme en la universidad. Tenía buenas notas, pero ya no estaba tan segura de querer ser psicóloga. Ya no encontraba en mí toda esa paciencia que siempre había sido parte de mi personalidad, quizás porque Matías había acabado con ella. Empecé a pensar que yo había llegado ahí siguiendo a Matías, queriendo ir a la misma universidad que él. Y a mis diecisiete años no me conocía un carajo. No sabía quién era porque me había pasado los últimos cuatro años viviendo a través de otra persona. Viviendo lo sueños de otra persona, preocupándome por la salud de otra persona, para que no me mintieran, para saber la verdad. Ahora veía de pronto, en medio de la decepción, que Matías quería tenerme siempre a su lado. No quería verme crecer. Se había dado el lujo de transformarse en otra persona y yo seguía siendo la misma niña buena de la que él se había enamorado. Creo que él me quería y mucho, pero no se detenía a pensar en estas cosas, no tanto por malo o egoísta, sino porque me parecía que no estaba en la capacidad de hacerlo.

Una tarde volví de la universidad y mi madre estaba con una amiga, su mejor amiga de toda la vida. Estábamos sentadas conversando, riéndonos, como siempre, hasta que mi mamá se puso seria y me dijo que su amiga tenía algo que decirme. No pude evitar sentirme como esa tarde en que mis amigas me dijeron que habían visto a Matías en la casa de masajes. La amiga de mi madre se sentó a mi lado y me dijo que lo que me iba a decir era solo un rumor, pero sentía que debía decírmelo.

Su esposo y uno de los tíos de Matías, más concretamente el mismo tío que había ido a putearlo a la clínica aquella vez, trabajaban juntos en el mismo banco, en el mismo piso. Yo eso lo sabía. Me dijo que había escuchado al tío decir en medio de una conversación grupal que tenía un sobrino con esquizofrenia. Por supuesto todas las flechas apuntaban a que estaba hablando de Matías.

Para mí fue un *shock*, igual o peor que cuando me dijeron lo de la casa de masajes. «Estás pálida», me dijo mi madre, abrazándome. Ambas fueron supercariñosas conmigo y me dijeron que, si bien podía no ser Matías la persona de la que el tío estaba hablando, no podían callarse algo así. Les agradecí por contarme. Porque todo el tiempo que le habían hecho placas al cerebro a Matías, nadie me había dado una explicación razonable a su comportamiento errático, violento, impulsivo, tantas veces irracional.

Salí a la calle caminando sin saber adónde ir. Caminé por más de una hora y, por desesperación, o por costumbre, terminé en su casa. La pregunta que atormentaba mi cabeza era «¿se lo digo?».

No te creo nada

39

Llegué a su casa y lo encontré sentado en la mesa de su cocina comiendo una hamburguesa. Lo veía comer mientras me hablaba y yo pensaba en que no podía callarme algo así. Y entonces se lo dije. Le dije lo que me habían dicho, y le dije también que, si ese era el caso, si era esquizofrénico, no pasaba nada, por supuesto yo no iba a terminar con él por algo así, pero sí me gustaría saber la verdad. No se ofendió ni se molestó. Me dijo muy tranquilo, muy a su estilo, que no era así. Entonces se puso de pie y me dijo que llamaría a su médico para que yo escuchara «la verdad». Puso su plato en el lavadero, levantó el teléfono fijo de la cocina, buscó el contacto del doctor en su celular y lo llamó. O dijo que lo llamó. Al igual que tantas otras cosas sobre él, nunca sabré la verdad. Se suponía que la idea era que yo escuchara las palabras del doctor, y todo lo que vi fue a Matías de pie, hablando con el auricular del teléfono en la oreja. Lo miraba y pensaba «¿estará hablando solo?». Su conversación fue algo así: «Hola, doctor, qué tal, le habla Matías, sí... todo bien. Lo llamo porque estoy acá con mi enamorada que dice que le llegó un rumor de que soy esquizofrénico, y lo llamo para corroborar con usted que eso no es así, que es un diagnóstico equivocado, ¿cierto? Exacto, lo mismo le dije yo, que no es así, claro, entiendo, sí, no se preocupe, yo estoy tranquilo, bueno muchísimas gracias, hasta luego». Y mientras hablaba, me miraba como diciendo «te lo dije». Yo lo observaba perpleja, porque no le estaba creyendo. Tenía varias preguntas: ¿tan rápido le contestó su doctor?, sospechoso que no estuviera atendiendo a otro paciente justo cuando llamó Matías; ¿cómo así tenía Matías el número de su celular?; ¿por qué no me pasó con él? Colgó el teléfono y se olvidó del tema, porque se metió a la ducha y dejó su celular en su cuarto, y lo primero que hice fue revisar su lista de contactos. No había ningún contacto bajo el nombre de «Doctor» ni bajo el nombre de la persona que figuraba en la receta de las pastillas que Matías tomaba. El doctor existía, pero Matías no lo había llamado. Su actitud me había confirmado que él y su familia me estaban escondiendo algo y eso sí me molestó.

Tantas mentiras terminaron por hartarme. Ya no quería ver a Matías, o mejor dicho, ya no necesitaba verlo. La pasaba mejor en mi casa, o de compras con mi madre, o con mis amigas. Dejé de ir con frecuencia a su casa, ahora él venía más a la mía. Y cuando venía a veces pasaba más tiempo conversando con mi madre en la sala que conmigo. Me empezó a incomodar su presencia, su manera de respirar, de reírse. Todavía teníamos buen sexo y eso jugaba a su favor. Yo, sin duda, lo seguía queriendo, pero ya no tenía miedo a perderlo. Comencé a pensar que si se iba a lo mejor me haría un favor. Pero fue entonces cuando se pegó a mí más que nunca. De pronto quería hacer todo conmigo. Me pedía que lo acompañase cada fin de semana en la cabina mientras él ponía música. Ya no parecía necesitar su «espacio».

Yo lo veía tan involucrado en la relación que a ratos me decía a mí misma que era una etapa en la que yo necesitaba espacio, como le había ocurrido antes a él, y que ya se me pasaría. Quizás las relaciones eran así, quizás eso era normal. Quizás no me estaba engañando con otras mujeres, quizá no era cierto que era esquizofrénico y me lo estaba ocultando. Entonces lo acompañaba y le decía que lo amaba, porque era verdad, lo adoraba todavía, aunque algo estuviera cambiando en mí.

Pero luego pasaban estas cosas que me dejaban pensando. Una de esas noches que lo acompañé a poner música en la discoteca, a eso de las seis de la mañana, cuando Matías ya había terminado de tocar, bajó a tomar un vaso de agua y un hombre alto, mayor que él, le preguntó si era el DJ del lugar, y luego le hizo un par de recomendaciones sobre las canciones que debía poner. Matías le contestó que si no le gustaba la música que él ponía, que mejor se fuera a otro sitio. Entonces el tipo le tiró un manotazo en la cara a Matías. Lo golpeó como quien tira un puñete, pero con la mano abierta. Y yo vi la cabeza de Matías moverse de acá para allá, como en los dibujos animados. El tipo era bastante más alto y fuerte que Matías. Sin embargo, Matías se lanzó a las rodillas del hombre y lo tumbó, en realidad cayeron los dos, sobre una mesa llena de vasos de vidrio. Enseguida la gente de seguridad los separó, se llevaron al tipo afuera de la discoteca, mientras le gritaba a Matías: «¡Te espero afuera!».

Miré a Matías y tenía los ojos vidriosos, mientras le explicaba a su jefe, el administrador de la discoteca, que él no había dado el primer golpe. El administrador, un hombre mayor, chileno, tranquilo, le dijo a Matías que no había problemas, siempre y cuando no saliera a seguir peleando. Pero el tipo estaba muy agresivo y no se iba, gritaba desde afuera tratando de provocar a Matías. Para mi sorpresa, Matías no salió y nos quedamos en la discoteca hasta pasadas las siete de la mañana, sentados uno al lado del otro en dos sillas de plástico en medio de la pista de baile, que los señores de limpieza habían dejado para nosotros, mientras recogían todo. Ambos teníamos los brazos cruzados, ambos estábamos molestos. Yo estaba molesta con él por meterse siempre en líos, él estaba molesto conmigo y con la vida porque no podía salir a pelear.

Pocos días después cumplimos cuatro años de novios. Fui a su casa por la noche llevándole un regalo. La idea era intercambiar regalos antes de salir a comer. Le llevé un par de zapatillas que sabía que quería hacía un montón de tiempo. Le escribí una tarjeta, envolví la caja con lazo azul, imprimí nuestras cuatro fotos más lindas, una por cada año que habíamos estado juntos. Cuando llegué a su casa, no había nadie, él me abrió la puerta, luego se fue corriendo a la oficina de su madre y desde ahí me gritó que no lo siguiera, que lo esperase en su cuarto, como si estuviera terminando de alistar algo que sería una sorpresa para mí. Me emocioné pensando cuál sería mi regalo.

Cuando llegó el momento de intercambiar regalos, yo le di mis regalos y él me entregó un CD de música. Había escrito: «Feliz cuatro años, mi amor, te amo demasiado», con plumón indeleble en un lado del disco. No pude disimular mi perplejidad cuando vi lo dispares que eran nuestros regalos. Me pareció que había pensado en él más que en mí. Había pensado en lo que para él era más cómodo y no tanto en lo que a mí me gustaría recibir. «Hice un mix con todas nuestras canciones. Eso me ha tomado horas», me dijo, defendiéndose, ante mi cara de absoluta desilusión. Ahora pienso que no era un regalo tan malo, pero en ese momento me pareció un insulto. Hice lo posible para obligarme a estar de buen humor durante la comida y eventualmente lo logré. Pero el disco nunca lo escuché.

40

Un día estaba en su casa y le pedí su celular para mandarle un mensaje a una amiga, porque el mío se había quedado sin batería, y encontré un mensaje que él le había mandado a una chica. El mensaje decía: «Hola, te vi en lolitas.com. Me gustaron tus fotos». Yo, por supuesto, no sabía qué carajo era lolitas.com; luego entré a la página web y vi que eran chicas que mostraban sus fotos en bikini o con poca ropa y dejaban un número de contacto, supongo que para que las personas las contactaran y tuvieran sexo con ellas, pagándoles. No estaba segura. De lo que sí estaba segura era de que él le había escrito ese mensaje. Entonces me acerqué tranquilamente y le pregunté por qué había mandado ese mensaje. Él me dijo que no había sido él, sino un amigo con el que pasaba tiempo en el taller mecánico. Lo miré en silencio. Volví a preguntar: «¿Me estás diciendo que tú no mandaste este mensaje?». «No, yo no fui», me dijo seriamente, y siguió trabajando en su música en la computadora. Entonces dejé el celular en su mesa de noche, agarré mi mochila y caminé hacia la puerta. Me fui. Me subí al auto de mis padres —porque ya había cumplido dieciocho y lo primero que había hecho era sacar mi licencia de conducir, para no tener que seguir usando el bus para ir a la universidad—, y me fui sin decirle una palabra.

Estaba a dos cuadras cuando sonó mi celular. Era Matías. «¿Puedes volver? ¿Podemos hablar?». Le dije que solo iba a volver si admitía que había mandado el mensaje, que no iba a volver para discutir si lo mandó su amigo del taller o su abuela la muerta. Me pidió que volviera para hablar. Volví porque pensé que por primera vez iba a tener los huevos de decirme la verdad.

Entré a su casa, me senté en su cama. Me juró por la memoria de su padre que no había sido él. Entonces lo miré a los ojos y le dije, sin levantar la voz, sin mostrarme ofendida, sin romper una de sus cartas: «Tus mentiras me están cansando». Y era como para llevarlo a actuar en el cine, porque se ofendía con mi desconfianza. Hablaba y hablaba y me enredaba en sus palabras y yo sentía que discutir con él era como nadar en el lodo. No íbamos a ninguna parte y cada vez me agotaba más. Al final le dije que no pasaba nada, que le creía, solo para que me dejase en paz. Solo para que me dejase irme.

Yo no terminaba con él, no todavía, porque todavía la pasaba bién con él. Por supuesto sus mentiras me habían convencido de que ya no había un «juntos para siempre», sabía que eso se terminaría en algún momento, pero todavía me reía con él, la pasaba bien, le tenía cariño. Y claro que a ratos me decía que había una posibilidad, aunque mínima, de que él no hubiese mandado ese mensaje. Suena estúpido visto desde afuera, pero yo me había enamorado de él pensando que nunca iba a dejarme, que nunca iba a mentirme, que nunca podría hacerme daño. Yo había elegido creerle cada una de sus palabras y eso no podía cambiar tan fácilmente de un momento a otro.

Un día habíamos ido a tomar un café con una amiga y su novio. Su novio se fue corriendo a clases, yo le dije a mi amiga que podía dejarla en su casa, si total tenía que dejar a Matías también. Nos subimos los tres al auto, manejé hasta la cima del cerro, hasta llegar al edificio de Matías, y cuando estábamos en la mera puerta, él me dijo que si por favor podíamos ir al grifo para que comprase cigarrillos. Hice un gesto como de cansancio y le dije: «Pero hemos pasado por cinco grifos en el camino hasta acá y recién se te ocurre hablar». Él me dijo que recién se daba cuenta. Le dije que no iba a llevarlo al grifo. Se molestó. Me dijo: «¿En serio no me vas a llevar? Qué mala eres». Y nos enredamos en una discusión en la cual yo alegaba que él tenía un auto y podía ir ahora o más tarde o cuando quisiera. Tuve ganas de alegar que podía hacer lo que tantas veces había hecho, cuando yo lo llamaba y no estaba en su casa, porque había salido después de haberme dicho que ya se iba a dormir. Quise decirle que no sería la primera vez que él volvía a salir, después de habernos despedido. Pero me guardé esos reproches porque mi amiga estaba ahí, mirándome como si no me reconociera. Como si no supiera de dónde había salido esa nueva personalidad mía que era capaz de decirle que no a Matías. En otro momento de la relación, yo hubiera subido y bajado el cerro dos y hasta tres veces con tal de dejarlo contento en su casa. Porque lo que me asustaba de despedirnos estando molestos uno con el otro, o él molesto conmigo, era que él pudiera pensar «mi novia no me entiende», y buscar consuelo en otra persona. Así funcionaba mi cerebro todavía adolescente. Diez minutos después, él seguía discutiendo y mi amiga estaba en silencio y yo había apagado el motor del auto. «Bájate del carro, por favor. Me quiero ir a mi casa», le dije y entonces él bajó del carro bruscamente, tirando la puerta.

Mi amiga me miraba entre sorprendida y entretenida por lo que acababa de pasar. Yo no estaba molesta siquiera. Me daba igual si se molestaba o no. Y en ese momento me di cuenta de que sentir que la otra persona te daba igual era aún peor que odiarla, o tener ganas de discutir con ella. Le pregunté a mi amiga si quería parar en el grifo camino a su casa a comprar piqueos para comer. Nos reímos, pusimos música.

Subí el volumen para no escuchar el timbre de mi celular. Matías no dejaba de mandarme mensajes de texto, con seguridad reclamando, tratando de hacerme sentir mal. No me molesté en leerlos. No en ese momento.

41

Matías se dio cuenta de que me estaba perdiendo. Quizás por eso una noche me dijo que me tenía una sorpresa. Pasó por mí y me llevó a uno de los mejores hoteles de Lima. Comimos en el restaurante y luego me dijo que subiéramos, que había un cuarto esperándonos. Yo subía con él en el ascensor viendo todo ese lujo y solo podía pensar que sin duda se había gastado todo su sueldo en esa sorpresa. No había en mí un pensamiento del tipo «qué romántico».

Apenas entramos al cuarto, me abrazó fuerte. Había en él más desesperación que deseo. Siento que si esa noche le hubiese dicho que estaba con la regla o que solo me provocaba que nos abrazáramos y no pasara nada más, él hubiese aceptado. En su abrazo y su mirada había un aire de arrepentimiento. No me lo decía con palabras, pero yo podía sentirlo.

Nos metimos juntos al *jacuzzi* y conversamos como dos viejos amantes que se ven después de tiempo. Hablamos de nosotros, pero también de nuestros amigos, de la vida. Abrimos una botella de champaña y tomamos apenas una copa cada uno.

Mientras hacíamos el amor, yo giré la cabeza y noté que en la mesa de noche había un arreglo de flores con una tarjeta que decía: «Juntos para siempre. Matías». En vez de parecerme romántica, la nota me asustó un poco.

Como también me asusté la tarde en que estaba sola en mi casa escuchando música y tocaron el intercomunicador. Era el portero diciendo que había llegado un paquete para mí. Bajé a buscarlo. No tenía una tarjeta ni decía de quién era. El paquete cabía en mi mano y no tenía una forma concreta. Estaba envuelto con papel burbuja y cinta adhesiva. Supe de quién era cuando entré a mi casa y lo abrí. El regalo era de Matías, de quién más. Eran unos llaveros de madera tallada que decían nuestras iniciales unidas por un símbolo de suma. «Mandé a hacer dos, uno para ti, uno para mí», me dijo, cuando llegó a mi casa unas horas después. No esperó mi respuesta. Me dio un beso en los labios y luego se sentó en mi sofá a ver televisión, mientras yo miraba el llavero que me había sido adjudicado sobre mi escritorio, tratando de decidir si me había gustado o no.

A veces él llegaba a mi casa sin avisar y yo le decía que estaba terminando un trabajo para la universidad, lo cual muchas veces era cierto porque, aunque estuviera desmotivada con la carrera que había elegido, me gustaba tener buenas notas. Y me incomodaba que llegara así, sin preguntarme, por eso lo hacía esperar en la sala de estar. A él no parecía molestarle que lo hiciera esperar, ponía algún programa de televisión que tuviera que ver con autos o motos y se quedaba ahí largos minutos, incluso horas. «Tantas veces yo lo he esperado en su casa mientras él dormía, ahora que espere él», yo pensaba. A ratos mi madre se sentaba a su lado y le conversaba. Eventualmente yo salía de mi cuarto y me unía a la conversación, pero a veces me costaba trabajo reírme de sus bromas tontas, predecibles. No me reía y seguía viendo la tele, mientras él buscaba mi mano para entrelazar sus dedos con los míos. Yo dejaba que lo hiciera, porque todavía me gustaba que me tomara de la mano, o tal vez lo hacía como una manera de disculparme por haber hecho un gesto de hartazgo a su más reciente broma. Recuerdo que en alguna ocasión mi madre me dijo algo así como que no lo invitara si lo iba a tratar mal, a lo que yo le contesté que él se invitaba solo a la casa, caía de sorpresa cuando yo estaba ocupada, y qué suponía, ¿que yo tenía que detener mi mundo por él? Yo misma me sorprendía al escuchar esas palabras salir de mi boca.

De pronto daba la impresión de que él sí había detenido su mundo por mí. Empezó a mandarme mensajes de texto cuando «llegaba a su casa» después de trabajar en la discoteca. Lo pongo entre comillas, porque cuando leía esos mensajes al despertar por la mañana me decía que podía ser cierto, o podía no serlo. También empezó a darme explicaciones que yo no le pedía, por ejemplo, que había llevado a Fulanita a su casa, porque tal noche había ido al bar frente a la universidad con amigos y que tal chica que era conocida del grupo le había pedido que la llevase a su casa y él la había llevado porque no quería ser mala gente. Me daba esas explicaciones «antes de que escuchara el chisme» y yo me encogía de hombros. Podía ser verdad, podía no serlo.

El tema de la moto ya no era un problema entre nosotros. Parecía haberse diluido de su cabeza. Y no parecía estarlo reprimiendo. Daba la impresión de que había sustituido ese pensamiento obsesivo por la adrenalina que podía generarle la posibilidad de perderme. O tal vez lo estaba sustituyendo con otras actividades de las que yo no estaba enterada. Pero, por más que él se esforzara en esconderlas, a mí me saltaban a la cara sin que las buscara, o cuando menos las esperaba.

Una tarde fuimos al club a correr olas. Almorzamos en un restaurante del muelle, mirando el mar. Luego nos pusimos nuestros *wetsuits* y agarramos nuestras tablas. Yo me frustré porque las olas venían muy cerradas, muy estilo campana. Me cansé de que me revolcara cada ola que bajaba, entonces salí del mar. Abrí el auto de Matías para buscar mi mochila y vi en la parte trasera del auto donde faltaban asientos, que usábamos como maletera, el canguro de Matías. Ese mismo canguro que yo le había regalado cuando cumplimos dos años de novios y que no había dejado de usar. El canguro estaba abierto y se veía que había una caja de condones dentro. Yo ya me había dado cuenta de que hacía un tiempo él cargaba con una caja de condones, y me decía que era para usarlos conmigo. La caja siempre permanecía intacta, porque nosotros hacíamos el amor en su casa y en la mía, y en ambos lugares había una caja de condones. Pero ahora veía que la caja de condones del canguro estaba abierta y faltaba uno. Matías había usado uno y no había sido conmigo.

42

Quizás por eso un día que estábamos en mi casa viendo tele, él empezó a besarme el cuello y yo le hice saber con un gesto que no tenía ganas, que mejor siguiéramos viendo la película. Insistió, siguió besándome, volví a alejarme delicadamente, sin quitar los ojos del televisor. Al tercer intento, no lo pude evitar, se me salió sin que pudiera pensar antes de hablar. Dije: «¡Aj!». No lo dije muy fuerte, pero sí lo suficiente como para que él escuchara. «¿Qué dijiste?», me preguntó, indignado, y yo, en vez de intimidarme, le dije que ya le había dicho que no dos veces, que si había reaccionado así era porque él me había puesto en esa situación. Se quedó callado y siguió viendo la tele, pero ya no me estaba agarrando de la mano. Yo seguí viendo la tele muy seria, pero en el fondo pensaba que me gustaba mucho la mujer en la que me estaba convirtiendo.

Pero, así como le había dado libertad para estar con otras chicas, yo, o mi nueva yo, ahora esperaba lo mismo para mí misma. Me había hecho muy amiga de un chico de mi clase en la universidad. Tenía mi edad, era guapo y se parecía mucho a mí en personalidad. A diferencia de mi época en el colegio, no me había frenado en conocerlo, en escribirle mensajes de texto, en reírme con él en los pasillos después de clases. Yo no sabía si le gustaba, él nunca me había hecho ningún comentario que me hiciera pensar que sí. Pero había buena onda, buena química, y eso para mí bastaba. Me gustaba sentir la energía masculina sin la presión de tener que gustarle, o preguntarme si me estaría mintiendo, si había peleado con su madre, o cuánto tiempo más iba a seguir queriéndolo.

Por eso un día, saliendo de clases, fui con él al bar de enfrente donde se reunían los universitarios a tomar cerveza. Nos sentamos en una mesa y conversamos por tres horas. Fue divertido, la pasé súper. Ya no me sentía amenazada por la presencia de un hombre, ya no tenía el temor de qué iba a decirme Matías cuando se lo contara. Porque sí se lo pensaba contar.

La salida con el chico fue como respirar aire puro, un viento con otro olor, uno que me ponía de buen humor, que me hacía sentir ligera en el pecho y en los hombros. Esos detalles por supuesto no se los di a Matías cuando se lo dije al final del día hablando por teléfono. Se molestó. Me dijo que cómo era posible que saliera con otro hombre, que qué iba a decir la gente de la universidad, que lo había dejado como un idiota, que no tenía derecho a hacerle eso. Lo escuché pacientemente y en silencio, mientras me limaba las uñas de las manos. No hice ningún comentario hasta que terminó de hablar. Se quedó en silencio, esperando a que yo le dijera algo. «¿Tienes algo más que decirme o cortamos?», le dije, refiriéndome a la llamada, no a nuestra relación, aunque ya no estaba tan segura de eso. Mi tranquilidad lo desesperó aún más. «Lo voy a buscar y le voy a romper las rodillas», me dijo, y yo puse en blanco los ojos. «Le voy a desconfigurar la cara», me dijo luego y no pude evitar corregirlo: «Se dice desfigurar la cara, no desconfigurar». A diferencia de lo que había ocurrido con Alessandro, esta vez no le di mayor importancia. Me pareció tan absurda la amenaza que ni me molesté en avisarle a mi amigo que mi novio quería pegarle, de hecho, me daba vergüenza la sola idea de decirle algo así. Y por supuesto tampoco se me ocurrió dejar de hablarle solo porque a Matías le molestaba.

Por esa época empecé a escribir todo lo que me pasaba. Lo escribía en una libreta que escondía en la misma caja con llaves donde guardaba mis condones. Un día estaba hablando por teléfono con Matías y le leí un poema que había escrito inspirado en Niels, el chico que había sido mi profesor de tabla. Con Niels nunca había pasado nada, por eso le leí el poema sin pensar que podía sentirse amenazado. Me equivoqué, le molestó.

Otro día vino a mi casa una chica de mi clase a hacer un trabajo. No éramos cercanas, no había mucha confianza. Yo estaba superpendiente de ofrecerle cosas de comer y tomar y que se sintiera cómoda, cuando sonó el teléfono. Era él. Me empezó a contar de su día y lo tuve que interrumpir para decirle si podíamos hablar más tarde, pues tenía visita en ese momento. Me contestó en tono amenazante: «¿Me vas a cortar el teléfono entonces?».

Yo me sentía mucho más en control de mi relación, pero estaba más confundida de lo que creía. Y ese desorden en mi cabeza desapareció una tarde que estaba manejando el auto de mis papás, camino a su casa. Fue de pronto, como cuando se cumplen los deseos en las películas, como cuando pasas el dedo por una superficie llena de polvo y ves el verdadero color de las cosas. Estaba en el auto, sonaba la radio y pasaron una canción de una cantante llamada Fergie. La canción no la había escuchado antes, se llamaba «Big girls don't cry». Yo estaba por subir el cerro que llevaba al edificio de Matías cuando la letra de la canción le fue dando un nombre a lo que yo había venido sintiendo hacía ya un tiempo, sin saber bien qué me pasaba. «*Be with myself and center. Clarity, peace, serenity*». Subí el volumen de la música para escuchar mejor la letra. «*I hope you know that this has nothing to do with you. It's personal, myself and I. We've got some straightening out to do*». Empecé a llorar. «*And I'm gonna miss you like a child misses their blanket. But I've got to get a move on with my life».* Lloraba tanto que la vista se me nubló y tuve que parar el auto a un lado de la pista. *«Fairy tales don't always have a happy ending, do they? And I foresee the dark ahead if I stay».* Ahí, detenida a un lado de la pista, con la cara enrojecida y mojada por las lágrimas, me di cuenta de que tenía que terminar con Matías. Había llegado el momento.

Si me dejas me mato

43

Llegué a su casa con la absoluta certeza de que tenía que terminar con él. No sabía cuándo ni cómo se lo iba decir. Pero sabía que tenía que hacerlo.

Me dio pena verlo interactuar conmigo sin que tuviera la menor idea de lo que estaba pasando por mi cabeza. Verlo mostrándome las canciones que iba a tocar ese fin de semana, contándome de su día, mirándome a los ojos con profundo amor. Una parte de mí sentía que lo estaba traicionando, otra me decía que por primera vez en cuatro años estaba haciendo algo bueno por mí. Por eso decidí no decirle nada en ese momento. Me fui de su casa sin saber cómo iba a decírselo.

Después de mucho pensar, decidí que no habría una manera adecuada de hacerlo, solo tenía que hacerlo. Entonces un día le dije que viniese a mi casa, que quería hablar con él. Me aseguré de elegir una hora en que mis padres no estuviesen.

Lo senté en mi cama y se lo dije. De una. Le dije que lo quería mucho, que lo amaba, que lo tenía en mi corazón, todo lo cual era verdad, pero que necesitaba un tiempo para mí. Básicamente le estaba pidiendo lo mismo que él me había pedido cuando recién cumplimos dos años. Pero no fue fácil, porque él no fue dócil como fui yo en aquel momento. Me preguntó si había alguien más, le dije que no. Me preguntó si podía hacer algo para cambiar mi opinión, le dije que no. Mientras le hablaba, lo tomaba de la mano y lo miraba a los ojos con todo el amor que todavía había en mí. Pero de pronto sus ojos se volvieron oscuros, dejaron de brillar. Se le torció el gesto, apretó la mandíbula, me soltó la mano. Se puso de pie y me dijo: «No me puedes dejar. No así, no ahora». Le volví a decir que lo quería, que no era nada personal contra él. Me expliqué parafraseando la canción de Fergie. Le pedí que por favor me entendiera. Fue en vano. Estaba molesto, como ido, como si él no estuviera ahí en ese momento y alguien oscuro hubiese entrado en su cuerpo para actuar por él. Lo buscaba en sus ojos, yo buscaba al Matías del que me había enamorado en su mirada, pero no estaba. No estaba ahí y en ese momento entendí que ese Matías se había alejado hacía mucho tiempo y ya nunca más volvería. «Si me dejas, yo no quiero seguir viviendo. Si me dejas me mato», me dijo y en uno o dos movimientos se paró en el marco de mi ventana. Quinto piso. Miraba hacia abajo y solo se sostenía con una mano, agarrando el marco de la ventana que estaba afirmado a la pared. Yo no sabía si se le iba a deslizar un pie y lo iba a ver caer, si una sola mano iba a ser suficiente para mantenerlo en equilibrio, si el marco de la ventana iba a permanecer firme, sosteniéndolo. Tragué saliva, con el corazón latiéndome a mil. Le pedí por favor que se bajase. Me decía que solo se iba a bajar si yo volvía con él. Se lo volví a pedir, me dijo lo mismo.

Entonces algo se encendió en mí. No sé si me harté o me resigné a perderlo no solo como pareja, también como ser vivo. Y en esa resignación, en esa entrega de poder, en ese dejarlo ir, fue que encontré la fuerza para enfrentarlo a él y al más grande de mis miedos, que durante tanto tiempo había sido perderlo. Mi mirada se volvió fría, mi voz se volvió tranquila, y así, con suavidad, le dije: «Si quieres saltar, hazlo». Él volteó y me miró perplejo. «Si quieres matarte, mátate, pero no te mates aquí, no en mi casa.

Porque si saltas de esta ventana vas a caer en la cochera de mi edificio y ¿sabes qué? Mis vecinos no merecen esto. ¿Y si caes encima de uno de esos autos? ¿Quién les va a pagar luego los daños? ¿Tu madre, de nuevo? Si te vas a matar, por lo menos ten la consideración de dejar los gastos de tu entierro pagados. Porque no sé si lo has notado, pero tu madre sigue yendo al casino, y yo no sé si va a tener dinero para pagarte un entierro digno. A menos que el entierro te lo pague el hermano de tu madre, pero esta vez no estaría precisamente dándote un lugar donde vivir». Él me miraba asustado, como si ahora me tuviese miedo. Pero yo no podía parar de hablar. «Si te vas a matar de verdad, salta de la ventana del cuarto de mis padres, porque ahí sí caerías en la calle, aunque la verdad es que no quisiera ver a tu madre después, ¿cómo carajos se lo explico? Si te vas a matar, hazlo de una vez y deja de chantajearme. Si te vas a matar en serio, hazlo por una buena razón, no lo hagas porque voy a dejarte».

Bajó del marco de la ventana y, sin decirme una palabra, me besó. Yo lo besé de vuelta. Ya no quería estar con él, pero todavía lo deseaba. Nos quitamos toda la ropa sin pensar en que podían llegar mis padres a la casa. Hicimos el amor en mi cama, con la misma ternura de las primeras veces en las que todavía me dolía. Pero algo era distinto esta vez. Yo no estaba ahí. Estaba mi cuerpo, estaban mis besos, pero yo sentía que había una parte de mí que, aunque tratara, ya no podía darle. Él se dio cuenta. Cuando terminamos, puso su cabeza en mi barriga un rato. Él nunca se echaba en mi barriga. A lo lejos se escuchaba la música de los vecinos, escuchaban algún rock de los ochenta que decía: «Cuando despiertes, yo ya no estaré». Sentí mi barriga húmeda, pensé que era sudor. Pero cuando volteó a mirarme vi una lágrima en su mejilla. Recordé aquella vez en el cementerio que lo había visto llorar. Pero ahora me miraba, mientras las lágrimas caían por su cara. No hacía gestos ni ruidos. Solo me miraba, mostrándome su dolor.

44

Yo no tenía claro si seguíamos siendo novios o no. Supongo que sí, porque él seguía en mi vida. Seguía viniendo a mi casa, seguía llamándome. A veces llegaba a mi casa de la universidad y lo encontraba viendo tele sentado en mi sillón. Cuanto más trataba de alejarlo, más se aferraba a mí. Y no me daba para decirle vete. La chica que trabajaba en mi casa lo hacía pasar, mis padres lo recibían con cariño. No era fácil.

Uno de esos días pasé por su casa después de la universidad para devolverle unas fotos suyas de cuando era niño. No me pareció adecuado seguir teniéndolas. Cuando entré a su cuarto, lo encontré ordenando el mueble azul, limpiando con un trapo cada una de las herramientas que habían sido de su padre. Puse las fotos en su escritorio y me senté en su cama. No había estado en mis planes terminar con él de nuevo, pero lo hice de todos modos, como si fuera el único tema que tenía de conversación. Le pedí que nos diéramos un tiempo, solo un tiempo. Le prometí que lo único que quería era espacio, no saber de él unos días, quizás así lo extrañaría. Él volteó a mirarme, dejó lo que estaba haciendo y me dijo que justo de eso me quería hablar. Acercó su silla giratoria hacia mí, me miró a los ojos y me dijo que no podía dejarlo, porque tenía una enfermedad en el corazón. Me dijo que hacía unos días, después de que yo intentara terminar con él, había tenido un preinfarto. Y que había ido al doctor, que le había dicho que tenía una condición muy rara, que no podía recibir malas noticias o tener emociones fuertes. Me lo dijo así, sin ponerse a pensar si era creíble lo que me estaba diciendo. Me quedé sin palabras. Me pregunté si él se estaría creyendo su propia mentira, si de verdad era esquizofrénico; me pregunté qué pasaría si, en vez de mirarme con absoluta calma, de pronto se volviera violento y comenzara a golpearme. Me imaginé todo eso, mientras lo miraba en silencio, sin decir una palabra. Se puso de pie, caminó a su clóset y agarró nuestra primera foto juntos, con el marco de plata. Me la dio y me dijo que me la llevara para que pensara bien las cosas. En ese momento me molesté y le dije que no tenía nada que pensar, que ya había tomado la decisión, que por favor me dejara ir. Me dijo que no entendía cómo podía decir que lo quería y hacerle eso. Le dije que no estaba mintiendo, yo lo quería, pero también necesitaba estar sola. Entonces me hizo la pregunta que quizás no se había atrevido a hacerme antes: «¿Ya no estás enamorada de mí?». Cuando lo dijo, sentí que había dado en el clavo. Me di cuenta de que ese era el problema. Tomé aire y moví la cabeza de un lado a otro. Matías volteó y tiró un puñete contra la pared que retumbó en todo el departamento. Me pregunté si se habría roto los nudillos, me pregunté si ahora necesitaría un yeso más. Vi sus ojos llenos de lágrimas. Me quedé ahí parada, con el marco de la foto en la mano. No lo consolé, no lloré con él. Me sentía atrapada, como cuando un insecto cae en una telaraña y luego no sabe cómo salir, y cuanto más lucha más se enreda. Así me sentía yo. Con los ojos llorosos y la voz entrecortada, me hizo la pregunta más dura: «¿Qué puedo hacer para que vuelvas a sentir lo mismo?». Me dijo que dejaría la moto, que cambiaría su auto de *rally* por uno normal, que buscaría un trabajo de día de semana para poder pasar los fines de semana juntos. Me dijo que se acostaría temprano para poder despertar a la hora en que yo despertaba. Me dijo que volvería a la universidad. Me dijo que estaba seguro de que yo estaba confundida, que pronto me daría cuenta de que estaba cometiendo un error. Me dijo que nunca nadie me iba a querer como él me quería. Me pidió disculpas si había cometido errores, dijo que no volvería a pasar. Me hacía todas esas promesas, mientras lloraba, y yo pensaba que si fuera verdad que su corazón no podía resistir emociones fuertes, ya le hubiese dado un infarto hacía rato. Pensé que todavía había algo que él podía hacer por mí, y era ser sincero por una vez. Entonces se lo pregunté: «¿Qué pasó realmente ese día en la casa de masajes?». Me miró como si le estuviera hablando en alemán. «Ya te dije, me hice un masaje, no pasó nada más». Me quedé en silencio, y seguí preguntando: «El condón usado que encontré en tu auto, ¿era tuyo o de tu hermano?». Me miraba como si yo estuviese loca, como si estuviese hablando de un tema que no tenía nada que ver con lo que estaba pasando en ese momento. «Era de mi hermano, ya te dije». Yo seguí preguntando: «¿Alguna vez has tenido sexo con otra mujer?». Se puso una mano en el corazón, hizo un gesto de dolor. Se puso furioso, me dijo que cómo podía desconfiar así de él. Le dije que justamente ese era el problema, no tanto si estaba o no enamorada de él, sino que ya no le creía nada. Caminé hacia la puerta para irme, pero él me detuvo. Me dijo: «Está bien, quieres la verdad, te voy a decir la verdad». Se quedó unos segundos mirando el piso, como pensando qué decir. Me dijo que en la casa de masajes la mujer lo había tocado, pero no se había acostado con ella. Lo miré a los ojos, él sostenía la mirada. «No te creo», le dije. «Te juro por mi papá que no pasó nada más», me contestó. «¡Deja a tu papá en paz!», le grité, sabiendo que podían escucharme afuera. «¿Quieres que te diga lo que yo creo? Yo creo que todo este tiempo has tenido sexo conmigo y con otras mujeres. Pero no te estoy dejando por eso, te estoy dejando por mentirme con descaro una y otra vez cuando te lo pregunté. Me has demostrado que no puedo confiar en ti, y eso no va a cambiar, aunque te compres un auto normal, aunque dejes la moto, aunque te gradúes de ingeniero, aunque nunca más te vuelvas a accidentar». En vez de contestarme, fue al mueble de su padre y sacó un cuchillo. Se lo puso en el antebrazo y me preguntó si eso era lo que yo quería, que él se matara. Cansada de discutir y de sus chantajes, me di media vuelta y me fui del cuarto, aprovechando que él tenía las manos ocupadas y no iba a detenerme de nuevo.

Salí con la foto en la mano. Caminé hacia la puerta. Vi a su madre sentada en la mesa del comedor con su bata blanca, tomando un café. «Matías se quiere cortar el brazo con un cuchillo», le dije en voz baja, cuando pasé a su lado. Con esa frase, le devolví a su madre una responsabilidad que por mucho tiempo había cargado yo. Y esa fue la última vez que volví a esa casa. Fue la última vez que vi a su madre.

45

Empecé a leer mucho. Siempre me había gustado leer desde muy niña, pero mientras había estado con Matías había dejado bastante de lado los libros, porque todo mi tiempo se lo dedicaba a él. Pero eso estaba cambiando. Ahora reservaba un par de horas para leer y, aunque llegara Matías a mi casa, no interrumpía mi lectura. Si me llamaba, no le contestaba y lo devolvía la llamada luego, una vez que hubiera terminado con mis cosas. También me metí a talleres de escritura. Los martes, jueves y sábados por la mañana. Como los sábados me tenía que despertar temprano, ya los viernos no lo acompañaba a la discoteca. A veces él me llamaba a mi celular, ya tarde, cuando ponía una canción que sabía que me gustaba, o que significara algo en nuestra relación. Una noche, ya tarde, estaba dormida y me despertó el ruido del vibrador del celular sobre mi mesa de noche. Contesté sin pensar si debía hacerlo. Enseguida se escuchó el barullo de la discoteca. En ese momento me arrepentí de haber contestado, tuve el impulso de colgar, cuando escuché la voz de Matías diciendo: «¿Reconoces esta canción?». Era «Just like heaven», la canción con la que nos habíamos besado durante horas esa tarde en su casa, en vez de ir a la *kermesse*. «Sí, me acuerdo», le dije sin ganas, pensando «me importa un carajo la canción, déjame dormir». Una hora después volvió a llamar, pero ya no le contesté. Puse el celular en silencio.

Entre mi decadente relación con Matías, mi creciente desinterés por la universidad y mi pasión por la escritura, yo era otra persona. Lo notaba no tanto en cómo me veía, sino en las miradas de mis padres y mis amigos. «No sé qué le pasa, ha cambiado un montón», le había dicho Matías a una de mis amigas. Le había pedido que hablase conmigo. ¿Para qué? No sé, porque yo estaba cada vez más indiferente no solo con Matías, sino con esas amigas que no me lo decían, pero que desaprobaban en silencio mi actitud de «me vale todo». Y no es que me importaran poco las cosas, es que ahora le había asignado otro valor a lo que para la mayoría era capital, o simplemente conveniente. Ya no quería ser la más bonita, la más popular, ni tenía miedo de parecer solitaria, triste, poco femenina. Ya no tenía miedo de perder a Matías. Ahora quería hacer lo que me nacía, lo que yo pensaba que era bueno para mí, sin importar qué iba a pensar la gente de mí. Por eso, una noche, a solas en mi cuarto, decidí ser escritora. Sabía que era una idea intrépida, que iba a ser reprobada no solo por mis amigos, quizás también por mis padres. Pero si quería hacerlo tenía que dedicar el cien por ciento de mi tiempo a eso y a nada más. No podía seguir perdiendo mi tiempo haciendo cosas en las que no creía realmente. Fue entonces que decidí dejar la universidad.

Lo hice a la mitad de semana de exámenes finales. No había estudiado casi nada, porque mi cabeza estaba metida en el libro que había comenzado a escribir. Sabía que era una apuesta ambiciosa, teniendo en cuenta que solo tenía dieciocho años y que las probabilidades de escribir un libro que años después encontraría tonto eran altas, pero algo me decía que ese era mi camino. Decidí, por primera vez en mi vida, seguir mi intuición.

Había pensado terminar los exámenes y luego hablar con mis padres. Pero sentada con el papel en frente, pensé que no tenía sentido dar tres exámenes más, si al final no iba a continuar con la carrera. ¿Estaba siendo irresponsable? ¿Estaba repitiendo el camino que había elegido Matías cuando dejó la universidad?

Me puse de pie, caminé hacia el profesor, le entregué el papel. Mis compañeros me miraron sorprendidos de que hubiese terminado el examen tan pronto. El profesor lo revisó en dos segundos y se dio cuenta de que no había contestado una sola pregunta. «¿No le quieres dar una revisada más? Tienes tiempo», me preguntó, preocupado. Le dije tranquilamente que lo iba a dejar así y me fui de la clase, dejando a mis compañeros mirándome, algunos con la boca abierta, otros con un gesto de extrañeza. No esperaba que alguien me entendiera. No me importó si terminando el examen hablarían mal de mí. Cerré la puerta del salón detrás de mí, sentí el viento en mi cara y respiré profundamente. Me sentí libre.

Caminé hacia mi auto pensando que esa sería la última vez que volvería a la universidad. Sentí un alivio en el pecho, quizás era la certeza de que, aunque visto desde afuera pudiera parecer una locura, estaba haciendo lo correcto. Por primera vez estaba tomando una decisión sin pensar en nadie más. Cuando me senté en el auto, puse las manos en el timón, me miré en el espejo retrovisor y me dije: «Termina ese libro».

Al día siguiente, estaba en mi cama, viendo tonterías en mi celular, cuando vi que Matías estaba conectado. Sabía que era cuestión de minutos para que me escribiera. Me saludó. Le contesté enseguida, conversamos un rato. Yo sabía que terminar una relación de cuatro años por WhatsApp quizás no era lo más adecuado, pero no me sentí mal, porque supe que, si trataba de hablar con él en persona, me amenazaría con tener un paro cardiaco repentino, con cortarse el brazo, con lanzarse por la ventana. Y yo había agotado mi cuota de paciencia.

Pensé que esa sería otra conversación fallida en que terminaría aceptando seguir siendo su novia, pero, para mi sorpresa,

esa vez me dejó ir. Me dijo que estaba bien, que nos diéramos un tiempo, que no iba a llamarme ni buscarme. Yo no podía creer lo que me decía, se lo agradecí no una sino varias veces, y le prometí que no había otra persona en mi corazón en ese momento. Le dije que se trataba de mí, solo de mí.

Cuando dejamos de hablar, me pasó algo rarísimo. Apenas él se desconectó, sentí que de mis brazos bajaba una sensación de frío y salía por la palma de mis manos. Extendí los brazos sobre la mesa con ambas palmas hacia arriba para sentirlo con más claridad. Era como si saliera una energía de mi cuerpo. Supuse que era la energía de Matías, la presión de haber tenido que estar con él por pena, quizás también la presión de todas esas emociones irresueltas que eran suyas, pero que yo había cargado como mías. Todo eso salió de mi cuerpo primero por las palmas de mis manos y luego en forma de lágrimas. Lloré, pero esta vez no fue un llanto de pena, o de miedo, esta vez era un llanto de alivio, de felicidad.

Me quedé mirando la pantalla del celular. Me llegó una notificación de Vincenzo, el chico con el que me había tomado la foto a la salida de clases, el chico por el que Matías había hecho una escena de celos. Le contesté enseguida, le conté que acababa de terminar con Matías. Le pregunté si podíamos tomarnos un café algún día. Me dijo que sí, por supuesto. Luego le pregunté si de veras había borrado nuestra foto cuando se lo pedí. Me dijo riéndose que no. Unos minutos después, me la envió. Me quedé largo rato viendo la foto. Ambos salíamos sonrientes, con cara de niños. Pensé que hubiésemos podido ser una linda pareja. Habían pasado solo tres años desde entonces, pero era como si, en mis ojos, hubiesen pasado muchos más.